U0920499

爱丽丝梦游奇境

[英] 刘易斯·卡罗尔◎著　黄健人◎译

長江出版傳媒 | 长江文艺出版社

图书在版编目（CIP）数据

爱丽丝梦游奇境 /（英）刘易斯·卡罗尔著 ；黄健人译. -- 武汉 ：长江文艺出版社，2018.5（2024.1 重印）
（世界文学名著名译典藏）
ISBN 978-7-5702-0225-6

Ⅰ. ①爱… Ⅱ. ①刘… ②黄… Ⅲ. ①童话－英国－近代 Ⅳ. ①I561.88

中国版本图书馆 CIP 数据核字（2018）第 031558 号

责任编辑：雷　蕾　　　　责任校对：毛季慧
封面设计：刘　垒　　　　责任印制：邱　莉　胡丽平

出版：长江出版传媒｜长江文艺出版社
地址：武汉市雄楚大街 268 号　　邮编：430070
发行：长江文艺出版社
电话：027—87679360
http://www.cjlap.com
印刷：长沙鸿发印务实业有限公司

开本：880 毫米×1230 毫米　1/32　　印张：6
版次：2018 年 5 月第 1 版　　2024 年 1 月第 3 次印刷
字数：126 千字

定价：34.00 元

译本前言

才华横溢的离奇想象

黄健人

芸芸众生，谁人无梦？说梦者，世谓痴人也。本书作者刘易斯·卡罗尔便是一位。

刘易斯·卡罗尔真名查尔斯·路德维希·道奇逊，1832 年 1 月 27 日出生于英国柴郡达斯伯里的一个牧师家庭，1898 年 1 月 14 日卒于萨里的吉尔福德。他系家中长子，下有 7 个妹妹，3 个弟弟，人口众多，家境窘迫。卡罗尔从小便是弟妹们的当然首领，他带他们做游戏，变魔术，排演木偶戏，编写家庭日志。他早熟，聪明，勤奋，有教养，在格拉比公学念了五年书后，又考入牛津大学基督堂学院，主修数学，获得文科学士与硕士学位，毕业后留校任教。1869 年，他被委任为英国国教的一名副主教。但他终生从未登上讲坛宣讲教义，大概由于生性羞怯，而且口吃。

教学之余，他热衷于文化艺术，时常光顾剧院，并为幽默期刊撰稿。他的笔名便是 1856 年向一家杂志投稿时，一位编辑从卡罗尔自拟的 4 个笔名中为他选定的，这个笔名是他教名的拉丁文译名。这个时期，他还迷上了摄影，尤其是肖像摄影，连著名的英国诗人阿尔弗雷德·丁尼生都做过他的模特儿。这个业余爱好使他得以结识基督堂学院院长亨利·利德尔的几位千金，其中最小的爱丽丝则成为他后来名扬世界的儿童文学经典——《爱丽丝梦游奇境》及《爱丽丝镜中奇遇》的主人公。

卡罗尔在孩子们的热烈要求下，常为他们编些荒诞离奇的故事。1862年7月4日，他与利德尔一家乘船航行。途中，他为10岁的爱丽丝讲了好几个故事。旅行归来，他便动笔将这些信口开河的瞎编写了下来。最初名为《爱丽丝地下奇遇记》，于1863年2月10日完稿。他将初稿送给作家朋友乔治·麦克唐纳审阅，得到这位作家及其子女的好评，并极力怂恿他送出去发表。于是卡罗尔悉心充实、润色初稿，改标题为《爱丽丝梦游奇境》，还邀请一位画家朋友约翰·坦尼尔为这部书稿绘制插图。1865年7月4日，《爱丽丝梦游奇境》首版问世，但由于画家坦尼尔抱怨插图印刷质量太差，卡罗尔坚持要收回所有成书，尚未装订的散页则卖给了一家出版社，于1866年面世，作为该书首版的第二次印刷。而于1865年发表的第二版《爱丽丝梦游奇境》则将出版日期印为1866年。这一复杂情况，使得首版《爱丽丝梦游奇境》身价倍增，图书收藏家们竞相抢购。

《爱丽丝梦游奇境》图文并茂，市场销售大获成功。卡罗尔欢欣鼓舞，1867年又着手撰写姐妹篇《爱丽丝镜中奇遇》，并于1872年出版发行，仍由坦尼尔配插图，推出后畅销不衰。

《爱丽丝梦游奇境》描写小姑娘爱丽丝追赶一只会说话的小白兔，钻进兔洞，坠入一个奇妙的地下世界。在这里，喝一口水可以使人变成巨人，再喝一口水又可以变得非常矮小。她还遇到了一群稀奇古怪的人和动物：三月兔、柴郡猫、疯帽商、渡渡鸟、大海龟，还有神气活现的扑克牌老K与红桃王后等等。在这个疯疯癫癫的世界里，爱丽丝是唯一保持理性头脑的人。历尽艰险之后，爱丽丝猛然苏醒，原来自己躺在草地上睡着了，一切奇遇都不过梦幻而已。

《爱丽丝镜中奇遇》说的是爱丽丝对镜子里反映的东西好奇不已，便穿镜而入，来到镜中世界。她发现这儿的一切全都颠颠倒倒，小溪与篱笆将大地分隔成为一块巨大的棋盘。爱丽丝变成了一局莫名其妙的棋赛中的白方卒子，千辛万苦之后总算到达第八格，小姑娘也摇身一变成为女王。从出发到终点，她碰到了形形色色怪物怪人怪事，有说话的鲜花、昆虫，有穿纸衣的男人，还有狮子、独角兽等等。故事结尾，在爱丽丝女王加冕的庆祝宴会上，一切突然乱了套，爱丽丝一怒之下抓住处处跟她捣乱的红后，拼命地摇，而红后则拼命大叫，结果，爱丽丝惊醒过来，原来又是一个梦，手中的红后不是别的，正是自己心爱的小猫咪咪。

这两个故事由于其大胆离奇的想象，深深地吸引了孩子们。而字里行间散发的幽默感、逻辑性、别出心裁的荒诞，对成年人也同样富于魅力，被誉为“才华横溢的胡说八道”，连当时的英国女王也看得津津有味。100 多年来，这两本小书不但成为英国文学宝库的珍品，与《圣经》和莎士比亚戏剧一样是英语中名言隽语的源泉，还被译成世界各种文字，乃至澳大利亚土著的语言，并且被编成戏剧、电影、芭蕾舞、哑剧等。

特别是 20 世纪以来，有关两书的研究更加广泛深入。除文学工作者对其琢磨不已，心理学家、哲学家、数学家、语言学家、符号学家等各路好汉，也纷纷从中寻找挖掘，各取所需。超现实主义者声称卡罗尔的作品体现了他们的原则；弗洛伊德信徒将书中的象征意义大加发挥利用；而书中盘踞于神奇蘑菇之上的毛毛虫那个著名的问题“你是谁?”及它对爱丽丝发问的扑朔迷离的回答，则使为现代人“本体危机”头痛的哲学家们如醉如痴。区区两则哄小孩子的故事，一个小丫头所做的两个怪梦，着实迷倒了无数学问高深的大人。人们甚至认为，刘易斯·卡罗尔实在更应属于20世纪，并将《爱丽丝梦游奇境》及其姊妹篇拿来与其他文学大家T. S. 艾略特、詹姆斯·乔伊斯、H. 赫塞、弗·纳博科夫的大作加以比较。从这个意义上说，这两部为孩子们写的小书的阅读与欣赏价值，远远超过了《安徒生童话》、《格林童话》这类儿童文学精粹。

“无心插柳柳成荫”，绝不肯说教的刘易斯·卡罗尔旨在取悦小孩子的两个故事竟然这般大红大紫。这一切，这位生性腼腆、终身不娶的说梦痴人大约万万不曾想到吧？

目录 Contents

爱丽丝梦游奇境

爱丽丝镜中奇遇

爱丽丝梦游奇境

Part One

金色午后
湖上泛闲舟
小手齐用力
划动几叶桨
船儿不听话
大家没奈何

三个小姑娘
心肠实在硬
这般好时光
却要听故事
不敢高声语
深恐破梦境

傲慢普丽玛命令“开始讲”
温柔茜康达但求少废话
性急小特莎不断把话插

忽然不做声
将信又将疑
追随梦中人
共游新奇境
小鸟与小兽
谈笑亦风生

信口编故事
唇干又舌燥
令人才思竭
“下次接着讲”
“现在即下次”
女孩乐不支

梦游奇境记
愈编就愈长
搜肠又刮肚
故事好收场
掉舟回家转
开心小水手
笑脸映夕阳

爱丽丝游奇境
童心记忆存
神秘如梦幻
凋残而遥远
香客一花环

兔洞里

爱丽丝和姐姐一道坐在河岸上，无所事事，乏味极了。朝姐姐正看的书瞟了两眼，既没插图又没对话。“这书有什么看头，连插图对话都没有！”她直嘀咕。

于是，她就想（使劲地想，因为天好热，昏昏欲睡），值不值得爬起来去采些野菊花来编个花圈呢？忽然，一只粉红色眼睛的小白兔从身边跑过。

这没啥可大惊小怪的。爱丽丝听到兔子自言自语“噢，天哪！噢，天哪！要迟到了！”的时候，也不觉得奇怪（后来再想到这件事时她倒觉得真奇怪，可当时一切似乎理所当然）。但是，当兔子真从背心口袋里掏出一只怀表，看一眼又匆忙跑走时，爱丽丝跳了起来。因为她闪电般意识到还从没见过穿背心的兔子，更没见过从口袋里掏出只表来的兔子。怪事！她撒腿就追，穿过田野，正好看到兔子钻进田边一个很大的兔洞。

爱丽丝跟着就往里钻，想都没想以后怎么出来。

兔洞笔直向前，然后突然向下。爱丽丝来不及停下就一脚踩了下去，掉进一口深井里。

要么是井太深，要么是掉下去的速度太慢，反正她一边往下掉一边还来得及环顾左右，琢磨接下来会发生什么事情。先往下看看，想知道自己要掉到哪里去，可是太黑，什么也看不清。再朝两边看看，发现井壁上全是碗橱和书架，到处挂着地图呀、画片呀什么的。顺手从一只架子上取下一个罐子，发现上面贴着一张标签“橘子酱”，可惜是空的。她没把罐子乱扔，怕掉下去砸死下面的人。就想法子把罐子放在路过的一只碗橱上。

“得啦!”爱丽丝自言自语，“像这么往下掉一次，摔下楼梯真不算回事了！家里人会认为我好勇敢哟！可不是吗，以后就算从房顶上摔下来，我也提都不提啦!”（这倒像不假。）

往下掉，往下掉，往下掉，掉进无底洞了吗？“真不知已掉下去多深了？”她大声道，“肯定快到地心了吧？让我想想，那就该掉下去四千英里了……（你瞧，爱丽丝在学校里这类东西学了不少，虽说眼下旁边没人听，不是炫耀自己学问的好机会，不过，能背出这些数字来，也算做做练习。）对！大概就是这个距离。可是这里的经纬度是多少呢？（爱丽丝对经纬度是怎么回事一点儿也不明白，不过她觉得这些字眼儿又大又好听。）”

不一会儿，她又说：“不知会不会穿过地球从另一头冒出去，要是能和那些头朝下走路的人一道该多好玩！他们是叫安弟帕斯人吧？（幸亏没人听见，这回她知道自己肯定讲得不对。）不过，我一定要问问他们的国家叫什么名字。‘太太，请告诉我这是新西兰还是澳大利亚？’（她一面说，还一面设法行个屈膝礼。想想看，一面往下掉一面行屈膝礼，你办得到吗？）人家会以为我好蠢哟，问这种傻话！不，绝不能乱打听，说不定什么地方会写着的。”

往下掉，往下掉，往下掉！没别的可干，爱丽丝很快又开口了：“今晚迪娜会想我的，肯定！（迪娜是她心爱的猫。）但愿家里人喝茶时记得给它一碟牛奶。迪娜！宝贝儿！你要跟我一起往下掉就好了！

半空中恐怕没耗子抓，不过你也许能逮到一只蝙蝠，蝙蝠长得可像耗子哩。知道吗？不过，猫吃不吃蝙蝠呢？”说到这儿她犯困了，就昏昏欲睡地问自己：“猫吃不吃蝙蝠？吃不吃蝙蝠？”或者，“蝙蝠吃不吃猫？吃不吃猫？”你瞧，既然她两个问题都答不上来，那就无所谓了。一时间，她觉得自己在打盹，开始做梦跟小猫迪娜手拉手一起走，还认真地对它说：“听我说，迪娜，讲实话，你吃过蝙蝠吗？”突然，砰——咚！她一下子掉到了一大堆干柴棍干树叶上，总算落了地。

爱丽丝哪儿也没伤着，立刻跳起来。往上看，一片漆黑；往前看，有一条长长的通道。“兔子还在前面跑着，不能耽搁。”爱丽丝拔腿就追，恰好听到兔子拐弯时说了句：“哦，我的长耳朵、长胡子呀，太迟啦！”拐弯时还紧跟在兔子后头的，可眨眼工夫兔子不见了。她发现自己来到一个低矮却宽敞的大厅里，天花板上挂着一排点燃的灯，把大厅照得透亮。

大厅四周都有门，可全锁着。爱丽丝从这头跑到那头，推推每一道门，沮丧地走到大厅中间，不知自己如何出去。

忽然，她发现一张三腿小桌，浑身用坚硬的玻璃做成。“那上面摆着一把金色的小钥匙，肯定能打开大厅里的哪道门！”可她一试，哎呀！哪一把锁都显得太大，或者说，这把钥匙过于小了，试了半天，一道门也打不开。不过，试第二遍时，发现了一道小布帘；帘子后面有道小门，只有十五英寸高。试试小钥匙，正合适！爱丽丝高兴极了。

打开门，发现它通向一条小走道，比老鼠洞大不了多少。她跪下来顺着往里一瞧，哇！里面有个非常美丽的花园！她多想离开这个阴森森的大厅到花园去走走呀，那儿有鲜艳的花朵，清凉的喷泉。可惜她太大了，连脑袋都伸不进那个小道口。“就算头能进去，肩膀进不去也白搭呀。唉，要是能缩小成望远镜的模样有多好！也许能成，就是不知道怎么开头。”你瞧，一会儿工夫发生了这么多怪事，爱丽丝都以为没有不可能的事了。

在小门旁边干等不行。她走回小桌旁，希望还能找到另一把钥匙，或至少一本教人怎样缩小成望远镜的书也好。这回她发现了一只小瓶子（“先头肯定不在这儿。”爱丽丝想），瓶颈上贴着纸标签，“喝吧”两个字又大又好看。

“喝吧！”怪好听的。可是，聪明的爱丽丝没有性急。“不行！得先瞧瞧是不是写着‘有毒’二字。”已经看过好几篇有关可爱的小孩子被烫伤、被野兽吃掉之类令人不愉快的故事了，她才不会没记性呢。要是喝下“有毒”瓶子里的东西，那迟早会坏事的啦！

因为这瓶子上没写“有毒”二字，所以她冒险尝了一口；发现很好喝（说实在的，就好比把樱桃饼、鸡蛋羹、菠萝汁、烤火鸡、太妃糖和热烘烘的烤面包的味道全都掺在一块儿），便一口气把它喝光啦！

“好奇怪哟！”爱丽丝叫道，“我一定在变小，像架望远镜了！”

一点不假，她现在小得只有十英寸高了。想到可以钻进那道小门进入那个可爱的花园，她真开心。不过，她先等了几分钟，看自己是否还在继续变小，有点儿心虚：“要是再小下去，出去后就会像根蜡烛啦，那成何体统！”再想想火焰熄灭后的蜡烛会是什么样子，因为不记得见过这东西没有。

过了一会儿不见动静，她决定立刻进花园里去。唉，可怜的爱丽丝！走到门口才发现自己忘了拿那把小金钥匙。回到桌旁再去取，够不着了。透过玻璃，钥匙看得清清楚楚。她用尽力气想顺桌子腿爬上去，可是太滑。爬来爬去，筋疲力尽，可怜的小丫头一屁股坐在地上哭了。

“好啦，哭有什么用！”她严肃地数落自己，“我建议你立刻停下！”她一般都能给自己一些极好的建议（尽管常常不执行）；有时还严厉批评自己，直到眼泪盈眶。记得有一回，她还打自己耳光来着，因为在她独自玩槌球的时候作了弊，这孩子好奇心重，特喜欢假装两个人。可怜的爱丽丝想：“现在装两个人也没用啦！瞧哇，变得这么小，连做一个体面人都不够啦！”

忽然，发现桌子下面有个小玻璃盒子。打开一看，里头有块很小的蛋糕，上面用葡萄干排出两个美丽的字“吃吧”。“好吧，那就吃了它，要是吃了它变大些就能够得着那把钥匙；要是变得更小，就从门缝里爬进去。反正，都能进花园，管它呢！”

她咬一口，着急地问：“变大还是变小？”还用手摸摸头顶，看自己是在变大，还是变小。可是没变，好奇怪！当然啦，吃蛋糕怎么会让人变大变小呢？可是，爱丽丝既然已遇上了这么多稀奇古怪的事，要是一切再和平时一样，岂不太乏味、太愚蠢吗？

于是，她大口地吃起来，几下子就把蛋糕吃光了。

泪池

“好怪！好怪！”爱丽丝失声叫道（她太吃惊，一时忘了讲标准英语），“这下又变大啦，比最大的望远镜还要大！再见了，我的脚丫子！（她低头看脚，却发现它们远得几乎看不见了。）噢，可怜的小脚丫，谁再给你们穿鞋穿袜呢？我肯定是不行了！离你们太远，顾不上呀。你们只好尽量照料自己了……不过，我得对它们好一点儿，不然我想去哪儿它们不肯走怎么办！让我想想，每年圣诞节都要给它们一双新靴子。”

她又接着盘算如何把靴子送过去：“肯定得派专人送去，多滑稽啊！给自己的脚丫子送礼物！而且地址该多怪气：

致爱丽丝尊敬的右脚

　　地毯

　　火炉围栏边

　　　　　　　　　　　　　　　　　　爱你的爱丽丝

哦，天哪！我在胡说些什么呀！”

就在这时，她脑袋撞到大厅天花板了，现在她足有九英尺多高，赶紧抓住小钥匙往花园门口走。

可怜的爱丽丝！她费尽力气也只能躺在地上，用一只眼睛往门里瞧。她想进去是万万不能了，便坐在地上伤心地哭起来。

“真不害臊，这么大了！”她责备自己，“还哇哇地哭！听着，马上停下来！”可就是停不住，泪水哗哗地流，结果四周流成一片泪池，足有四英寸深，把大厅都淹掉半截。

过了一会儿，听到远处有小脚吧嗒吧嗒地走路，她忙把眼泪擦干看谁来了。原来是那只小白兔，打扮得很漂亮，一手拿着双雪白的小手套，另一手拿着把大扇子，蹦呀蹦地走得忙，还自言自语：“哦，公爵夫人，公爵夫人！哦，要是让她老等着，那她还能不发火吗！”爱丽丝走投无路，正要人帮助。等兔子一走近，她就小声怯怯地说：“先生，能不能请你……”

兔子吓一跳，手套和扇子都掉在地上，慌慌张张地逃进黑暗里。爱丽丝捡起手套和扇子。大厅里好热，她就使劲扇自己。“天哪！今天怎么这么怪！昨天还什么都好好的，一晚上就变了吗？想想看，今早起床时我还是不是自己？简直记得当时就有点儿感觉不对头。可我要不是自己了，下一个问题就是‘那到底我是谁’了。啊，这可是个大难题！”她开始把认识的同龄小朋友都想一遍，看自己是不是变成了她们中间的哪一个。

“我肯定不是艾达，她满头鬈发，我一点儿也没有鬈发。也肯定不是梅布尔，因为我什么都懂，可她，哦，她懂得太少啦！再说，她是她，我是我。再说，哦，天！一切多怪呀！得好好想想知道的所有东西。想想，4 乘以 5 等于 12，4 乘以 6 等于 23，4 乘以 7 等于……哦，天！照这样算怎么也算不到 20！不过乘法口诀没啥了不起，试试地理吧。伦敦是巴黎的首都，巴黎是罗马的首都，罗马是……不！全乱套了，肯定不对！我肯定变成了梅布尔！那就背一背那首歌谣《小鳄鱼》吧……”她把手往膝盖上放好，背书一样开始了。可声音又哑又陌生，歌谣也不像平时那样顺口而出了：

小鳄鱼，小鳄鱼，
打扮自己的亮尾巴，
片片金色小鳞甲，
尼罗河水来洗刷。
小鳄鱼，小鳄鱼，
满脸是笑乐哈哈，
长长爪子伸出来，
张开大嘴吃鱼啦！

“肯定背错了！”可怜的爱丽丝又满眼是泪，“大概真变成梅布尔了，得住进那个小破房子，也没玩具玩了。唉！那么多功课老也学不完！不，还是拿定主意吧！要成了梅布尔，就在这兔洞下面待着！要是他们把头伸下来说：‘上来吧，宝贝儿。’我就抬头看他们说：‘先告诉我我是谁，要是我喜欢当那个人我就上来。要是不喜欢呢，我就待在下面，直到变成另一个人……’可是，唉，天哪！”爱丽丝突然又泪水涟涟，“真希望他们把头伸下来！一个人在这儿好没意思呀！”

说着，她低头看看自己的手，惊奇地发现已戴上了那只兔子丢下的小手套：“这是怎么回事？我一定又变小了。”她站起来，走到桌子旁边量量自己，发现她大概只有两英尺高了，而且还在迅速缩小。她很快就发现变小的原因是因为手里拿着那把扇子，于是连忙把它扔掉，正好来得及救自己一命，没完全小得不见了。

“好险呀！”爱丽丝被突如其来的变化吓得要命，庆幸自己还没有消失，“这下可以去花园了！”她忙朝小门跑。可是，哎呀！小门又关上了，小钥匙还和先头一样在玻璃桌上搁着呢。“这下更糟了，”可怜的小姑娘说道，“从没变得这么小过，从没有！我宣布情况糟透了，真的糟透了！”说着，脚下一滑，哗啦！掉进咸味儿的水池里，水淹到了下巴颏。

她第一个念头是，掉到海里了。“那样的话，可以坐火车回去。”她安慰自己。（爱丽丝去过一次海边，就以为无论到达英格兰海岸的哪个地方，都会发现一些海水浴机器，一群孩子用木铲挖沙子，再有一排出租小屋，屋后就是一个火车站。）然而，她很快就弄清楚，原来掉进了她自己淌的那摊眼泪里。当时，她还有九英尺高。

“开头别那么哭就好了！”爱丽丝一面游水一面想找到上岸的路，“这下挨罚了，淹在自己的泪水里！真是怪事！今天样样事情都不对头。”

听到附近有泼水声，她就游过去看是什么东西。起先以为是只海象或者河马，后来想起自己现在变得有多小就明白，那不过是只老鼠，跟自己一样，失足滑进了泪池。

她想：“跟这只老鼠搭个话有没有用呢？这兔洞里一切都好古怪，我看它大概也会说话吧。不管怎么样，试试总不会坏事。”于是她就说：“噢，老鼠，你知道逃出这池子的路吗？我游来游去好累呀。噢，老鼠！”（爱丽丝以为跟老鼠就得这么说话，虽说以前从没跟老鼠说过话，可记得哥哥的拉丁文法书中有这么一句：“一只老鼠……一只老鼠的……给一只老鼠……一只老鼠——噢，老鼠！”）老鼠疑惑地看看她，好像眨了眨小眼睛，但一声没吭。

“也许它听不懂英文？看样子是只法国老鼠，跟征服者威廉①一块儿来的。”（爱丽丝虽懂些历史，但年代大事记不清）。于是，她又

① 征服者威廉：英国国王（1027—1087），在位期间为1066—1087年。

说："Où est ma chatte?[①]"这是她法文课本第一课的第一句话。老鼠一听，突然跃出水面，吓得浑身发抖。"哦，对不起！"爱丽丝赶紧怪自己不小心，害得老鼠不高兴，"我忘了你不喜欢猫。"

"不喜欢猫！"老鼠尖着嗓门激动地说，"你要是我，会喜欢吗？"

"没准儿不喜欢！"爱丽丝安抚它，"别生气呀。不过，我真希望能让你见见我家的小猫迪娜。只要见了它，我想你就会喜欢猫的。它不声不响，是个安静的小宝贝。"爱丽丝一面懒懒地划水，一面对自己说："它坐在火边规规矩矩地呜呜叫，舔舔爪子，洗洗小脸，而且摸起来又软又舒服。再说，它逮耗子本领高强……哦，真对不起！"爱丽丝惊呼一声。这一回，老鼠浑身的毛都竖了起来。她觉得它真恼了。"你要不想听的话，咱们就别再说它了。"

"咱们，哼！"老鼠直嚷嚷，连尾巴尖都气得直抖，"好像我愿意谈这个话题似的！我们全家统统恨猫，可恶、卑鄙、下贱的东西！别再跟我提它们！"

"真的不会再说了。"爱丽丝急忙扭转话题，"那你……你喜欢……喜欢狗吗？"老鼠没回答。她就热烈地说："我家附近有只漂亮的小狗，我愿意带你去看看！一只亮眼睛的小狗。哦，它棕色的毛又长又卷。若你把东西扔出去，它都能捡回来；还会坐好了等饭吃。样样把戏都会……我连一半都还数不上。要知道，它的主人是个农夫，他说这狗有用极了，值一百镑哪！他还说，这狗能咬死一切大耗子……哦，天！"爱丽丝难过地大叫，"恐怕又得罪它了！"老鼠飞快地从她身边游走，还把池水搅得天翻地覆。

她只好轻言细语地呼唤道："亲爱的老鼠，请回来吧。要是你不爱听，咱们再也不谈猫呀狗呀的了。"老鼠又回头慢慢朝她游来，面

---

① 法文，意为："猫在哪儿？"

色苍白（“是给我气的。”爱丽丝想）。它颤抖地小声说：“咱们先上岸吧，然后再告诉你我的事，你就会明白我为什么恨猫恨狗了。”

是该上岸了。池子里掉进来好多小鸟和小兽，有鸭子、渡渡鸟、鹦鹉，还有小鹰和好几只怪模怪样的动物。爱丽丝带路，大家一齐朝岸边游去。

常胜赛跑和长故事

大家统统爬上岸，个个像丑八怪：小鸟的毛又脏又湿；小兽的毛紧贴在身上；人人都湿漉漉地淌水，气哼哼地很不舒服。

头一个问题，当然是怎么才能弄干自己？大家开了一个会。很快，爱丽丝就发觉自己跟它们都熟了，好像老朋友。她和鹦鹉争了半天，结果它不悦地把头一扭，道，“我比你大，懂得多些。”爱丽丝可不吃这一套，不知道鹦鹉有几岁，而它又死不肯说出年龄。跟它没什么好说了。

最后，老鼠似乎以权威自居，大叫道：“全体坐下，听我的！我能很快就让你们浑身干起来！”大伙儿立刻坐下，把老鼠团团围在中间。爱丽丝焦急地盯住老鼠，觉得衣服再不干就要感冒了。

“嗯！哼！”老鼠清清嗓子，“都准备好啦？听我讲一个最干①的故事，全体肃静！话说征服者威廉的事业得到教皇大人的支持，很快就征服了英格兰人。因为他们需要领袖，而且对篡位呀、征服呀

---

① 原文为“dry”，dry 有“干燥”的意思，还有“枯燥、乏味”的意思。

也挺习惯了。艾得温与莫卡，墨西亚与诺森比亚的伯爵大人……”

“呸！”鹦鹉冻得发抖。

“对不起！”老鼠眉头一皱，挺礼貌地问，“你说什么？”

“什么也没说！”鹦鹉忙道。

“我觉得你说了。”老鼠接着讲，“艾得温与莫卡、墨西亚与诺森比亚的伯爵大人宣布支持他，连斯梯艮、爱国的坎特伯雷大主教也发现它可取。”

“发现什么？”鸭子问。

“发现它！”老鼠有些生气，“你当然明白‘它’是什么意思。”

“我发现一个东西时就知道‘它’是什么东西。要么是只青蛙，要么是条虫子。问题是大主教发现的‘它’是什么？”

老鼠不理睬这个问题，只顾继续讲：“发现与艾德伽·艾斯林王子一起去迎接威廉并把王位献给他是上策。威廉起先还谦虚，可他手下的诺曼人傲慢得很……亲爱的，你怎么样啦？”老鼠忽然转过头问爱丽丝。

“和先头一样湿，”爱丽丝悲哀地说，“这故事没法儿使我干起来。”

“既然如此，”渡渡鸟庄严地站起来，“我提议休会，为采取更直接、更有效的补救措施……”

“讲英文！”小鹰抗议了，“这些长长的字眼儿什么意思我可不明白。再说了，我看你也不明白！”小鹰低头藏住笑，别的小鸟都笑出声来。

“我刚才想说的是，”渡渡鸟有些不悦，“咱们能干起来的最好办法就是举行一场常胜赛跑。”

“什么叫常胜赛跑？”爱丽丝问。倒不是她很想知道，而是渡渡鸟停了下来，好像它认为应当有人接句话似的，而谁都不吱声。

“这有何难，”渡渡鸟道，“解释它的最好办法就是做起来。”

（也许哪个冬天的日子你也想试试，让我告诉你渡渡鸟是怎么做的。）

它先画出一条跑道，像个圆圈（“形状没关系。”它说。），然后叫全体沿跑道站好，这儿一个，那儿一个，用不着叫“一、二、三、跑”，而是各人随便想跑就跑，想停就停，所以比赛何时结束也说不清。不过，大伙儿跑了大约半个钟头后，浑身都差不多干了。渡渡鸟忽然叫道：“比赛结束！”大家都围上去，上气不接下气地问：“谁赢了？”

这问题渡渡鸟不伤伤脑筋可答不上来。它一个指头按在额头站了好久（莎士比亚①的画像就常用这姿势），其他人都不吭声地等，最后渡渡鸟说：“大家都赢了，大家都该得奖。”

“可谁来颁奖呢？”众人七嘴八舌。

“当然是她啦！”渡渡鸟指着爱丽丝。大家又立刻围住爱丽丝，七嘴八舌地嚷着：“奖品！奖品！”

爱丽丝不知所措，绝望地掏掏口袋，掏出一盒蜜饯（幸亏咸水没把它浸湿），挨个儿发给大家算是奖品，正好一人一枚。

“可她自己也该有奖品才对呀！”老鼠挺公道。

“那当然！”渡渡鸟庄重地说，“你口袋里还有什么东西？”它把头转向爱丽丝。

“只有一个顶针了。”爱丽丝神色黯然。

“交给我吧！”渡渡鸟道。

于是，众人又把她团团围住。渡渡鸟一本正经地把顶针奖给爱丽丝：“我们请您收下这个精致的顶针。”它简短的演说一完，大家都欢呼起来。

爱丽丝觉得这一切好荒唐，可别人都很庄重，她也不敢笑了。不知该说什么，就只好鞠个躬，接过顶针，尽量郑重其事。

---

① 莎士比亚：英国文艺复兴时期著名戏剧家、文豪。

接下来该吃蜜饯了，又引起一片骚乱。大鸟抱怨说还没尝出味道就没了，小鸟却噎住了喉咙，得叫人拍它的背。终于都吃完了，全体又坐成一个圈，请老鼠再给讲个故事。

“你答应过告诉我你的事的。”爱丽丝说，“为什么你恨 C 和 D?”① 她又小声添一句，怕再次得罪它。

“我的故事又长又伤心!”老鼠扭头看看爱丽丝，叹口气。

“当然是条长尾巴②啦，”爱丽丝奇怪地打量一下老鼠的尾巴，“可为什么说它伤心呢?”而且老鼠讲故事的时候，她不停地研究这条尾巴。结果，她听到的故事就变成了这个样子：

狂怒的狗，对一只
在屋子里
碰到的
老鼠说：
“咱俩
去打官司：
我要控告你——
来吧，我可不
许你抵赖；
咱们必须
进行审判，
因为
今天
早晨

① C 和 D 分别是英文 cat（猫）、dog（狗）的首字母。

② 英文 tail（尾巴）与 tale（故事）同音。

我没事干。”

老鼠对

狗道：

“亲爱的先生，

这算啥审判！

没有

陪审团，

也没有法官！

岂不是

浪费时间？”

“我就是法官！

我就是陪审团！”

狡猾的狗回答，

“我来审案子，

并且宣布

判处你

死刑！”

“你不用心听！”老鼠对爱丽丝十分严厉，“在想什么？”

“对不起！”爱丽丝谦和地说，“你讲到第五个拐弯了，对吗？”

“不对！”老鼠气得大叫。

“结子！”① 爱丽丝向来爱帮忙，赶紧四下张望，“哦，让我帮你解开吧！”

“我才不做那种事，”老鼠起身走开，“你胡说八道地侮辱人！”

“不是故意的！”可怜的爱丽丝恳求着，“你也太容易生气了！”

---

① 英文 not（不）与 knot（结子）同音。

老鼠只用咆哮一声来回答。

“请回来，把你的故事讲完吧!”爱丽丝在后面求它，别的人也齐声说:“请讲完吧!”可老鼠只是不耐烦地摇头，走得更快。

“它不肯留下来真可怜!”鹦鹉叹口气。老鼠很快不见了，螃蟹妈妈赶紧抓住时机教育小螃蟹:“啊，亲爱的!记住这个教训，永远别发脾气!”“妈，闭上你的嘴!”小螃蟹伶牙俐齿，“你那脾气都够试试牡蛎啦!”

“迪娜要在这儿就好了，真的!”爱丽丝大声说，谁也不看，“它马上就能把它抓回来!”“斗胆问一声，迪娜是谁?”鹦鹉问。

爱丽丝忙答话，因为她最爱说她的宠物:“迪娜是我家的猫。它逮耗子本领呱呱叫，你想都想不到!哦，你要看到它追小鸟才好玩呢。可不是，只要它看小鸟一眼，小鸟就给它吃掉啦!”

顿时一片混乱，有些鸟赶紧动身离开。喜鹊一面把自己严严实实地包好，一面说:“真该回家啦。晚上寒气重，对我嗓子不好!”金丝雀用颤巍巍的声音招呼着孩子们:“宝贝儿，都走吧，该上床睡觉了!”大家以各种各样的借口，一个个都溜了，很快就只剩下爱丽丝一个人。

“不提迪娜就好了!”她责备自己，“这地底下好像没人喜欢它。我敢肯定，它是世界上最棒的猫!哦，亲爱的迪娜!不知道还能不能再见到你啦!”可怜的爱丽丝又哭了起来，她好伤心，好孤独。不久，听到远处有轻轻的脚步声，她忙站起来眺望，盼着老鼠改变主意，再回来讲它的故事。

兔子派来小比尔

原来，是小白兔慢腾腾地跳来了。它边跳边着急地四下寻找，像是丢了东西。爱丽丝听到它说："公爵夫人！公爵夫人！哦，我可怜的爪子！哦，我的皮，我的胡子！她会杀了我，就像白鼬①一样肯定！东西会丢在哪儿呢，真不知道！"爱丽丝立刻猜到兔子是在找那把扇子和那双白手套，就好心地帮它找起来。可是哪儿也找不到……自从她在泪池里游水以后，一切好像都变了，连那个大厅，那张玻璃桌子，那道小门，全都无影无踪。

兔子很快就发现了爱丽丝。它一面继续找一面气冲冲地对她叫道："喂，玛丽安，你在这儿干吗？赶快跑回家给我拿双手套，拿把扇子来！快点儿！快点儿！"爱丽丝吓坏了，连忙朝兔子指的方向撒腿就跑，连兔子认错了人也没来得及解释。

"兔子把我当做它的仆人啦！"爱丽丝边跑边嘀咕，"等它发现了我是谁准会大吃一惊！不过还是帮它一把好些，要是能找到扇子和手套的话。"说着就来到一座小巧玲珑的房子面前，门上有个铜牌，

---

① 白鼬常被用来猎兔。

上面刻着“兔子先生”几个字。她连门也没敲就推开进去，跑上楼，一面担心碰上真正的玛丽安，没等找到扇子和手套就给赶出去。

“够古怪的啦，为一只兔子跑腿！只怕接下来迪娜就该支使我了！”她开始想象起来，“‘爱丽丝小姐，马上到这儿来，准备去散步！’‘保姆，进来一会儿，我得为迪娜守着耗子洞，等它回来，不让耗子逃出去。’不过，我看迪娜要是真的这样使唤大家，家里人就会把它赶出去了。”

这时候，她已来到一间又小又整洁的房间，窗户跟前有张桌子，桌子上面有把扇子和两三双白色小手套（正中下怀）。她拿起扇子和一双手套，正要离开，发现镜子旁边立着只小瓶子。这一次上面没贴“喝吧”的标签，但她还是拿掉瓶塞就往嘴边送：“肯定又要发生什么好玩的事儿了，无论吃什么喝什么都一样。那就看看这瓶里的东西如何，但愿能使我再变大，做这么个小不点儿真腻味。”

果真变大了，比她预料的快得多，才喝了半瓶，头就顶到了天花板，她只好弯下腰，免得折断脖子。“够了……但愿别再长了，就现在这样子已经连门都出不去了……真不该喝这么多！”

可惜，后悔也迟了。她长啊长啊，很快就只好跪到地板上。再过一分钟连跪的地方也不够了，她只好躺下来，试着用一只胳膊顶住门，另一只胳膊护住脑袋，可还是长。最后她没办法，只好把一只胳膊从窗户伸出去，一只脚顶住烟囱，“不论再发生什么事，我可没办法了。这样下去会变成什么样子呢？”

幸运的是小魔法瓶此刻已发挥了全部功力，她不再长了，可还是不舒服，因为她没法子从屋里出去，难怪她不高兴。

“家里舒服多啦！”可怜的爱丽丝想，“在家里不会老是长大呀，变小呀，也不会给什么耗子呀，兔子呀，使来使去。但愿没钻进这个兔洞就好了……不过……不过……够稀奇了，这种生活！不知道还会发生些什么事！以前看童话故事的时候，还以为那些事绝不会有的，这下可好了，自己就在其中！应当为我写本书才对，真应该！等我长大了，我就写一本……可现在我已经长大了呀。”她又伤心地加一句，“至少这儿可没地方再容我长大啦！”

她又想：“不过我会不会再也不变老呢？那倒挺开心的……永远也不做老太婆。可是，那就老要念书了！哦，那可没意思！”

“你这傻头傻脑的爱丽丝！”她骂自己，“这儿怎么念书呀？瞧！连地方都没有，连放课本的地方都没有啦！”

于是她一会儿当这边，一会儿当那边，自己和自己谈话。忽听外面有声音。

“玛丽安！玛丽安！”那声音叫着，“马上给我拿手套来！”接着楼梯上有噔噔噔的脚步声，是兔子来找她了。她浑身颤抖起来，连小房子也跟着摇。她忘了自己已比兔子大一千倍，压根儿不用怕它。

兔子很快来到门口，想打开门，可门是朝里开的。爱丽丝用胳膊肘使劲顶住，这么干白搭，因为兔子说：“那就绕过去，从窗户里进吧。”

“那你也休想！”爱丽丝等着，听到兔子来到窗户下面，就突然把手伸了出去，朝空中抓一把，什么也没抓到，只听一声小小的尖叫和摔倒的声音，玻璃碎了，大概兔子摔在黄瓜架之类的东西上了。

接着传来怒气冲冲的骂声，是兔子的——“帕特！帕特，你死到哪儿去了？”又听到一个陌生的声音说：“唉！我就在这儿呀，挖苹果哩，阁下！”

“挖苹果，哼！”兔子气呼呼地，“过来！帮我出来！”（又是一阵玻璃打碎的声音。）

“帕特，告诉我窗户里那是什么？”

“那是只各膊，阁下！”（它把胳膊说错了。）

“是胳膊！你这呆头鹅！谁见过那么大的胳膊？哟，连整个窗户都占满啦！”

“是！是的，阁下。可它还是只胳膊。”

“哼，不管怎么说，它待在那儿毫无道理。去把它拿开！”

接着好久没声音，爱丽丝只能时不时听到一句悄悄话。“是！我也不喜欢，阁下，根本不喜欢！……”“胆小鬼，照我说的做！”最后爱丽丝又把手伸出去在空中抓了一把，这回有两声尖叫，打碎的玻璃更多。“那儿的黄瓜架真不少呀！”爱丽丝想，“不知它下一步怎么办？要是它想把我从窗户里拉出去，那倒太好了，反正这儿我不想再待！”

有一阵外面悄然无声。最后，轰隆轰隆一辆小推车滚了过来，还有好多小声音乱糟糟一齐说话，勉强听得清：“另一架梯子呢？……天！我只带来一架梯子……比尔还有一架……比尔！把梯子搬过来，快点儿……放在这个角上……不！先把它们绑在一起——还不够一半高哪——得啦，够啦，别那么挑剔……过来！比尔，抓住这根绳子……屋顶受得了吗？……当心那些散了的石板瓦……哦，它掉下来了！倒栽葱！（大大的一声哗啦！）……谁干的？……是比尔……谁从烟囱里下去？……不！我不干，你自己干吧！……那我也不干！……让比尔去……过来，比尔！主人命令你从烟囱里下去！”

“噢，这么说比尔要从烟囱里下来了？”爱丽丝想，“怪啦，它好像什么都让比尔干！我要是比尔才不干呢，这壁炉太窄了，还是踢它一脚的好。”

她把脚尽量收得离烟囱远一些，等听到有个东西（不知是什么东西）在头顶上的烟囱里很近的地方抓呀抓呀的时候，就说“大概比尔来了”，然后用力一脚踢过去，看会发生什么事。

只听外面一片乱嚷：“比尔掉下来了！”然后是兔子的声音：“快到篱笆那儿去接住它。”安静了一下，又是一阵乱嚷：“把它的头托起来……”

“白兰地，快！……别呛了它——怎么样，老伙计？怎么搞的？

快讲讲！"

最后听到一个虚弱的声音吱吱地说（"肯定是比尔。"爱丽丝想。），"唉，我也不知道怎么回事——不喝啦。谢谢，感觉好些了……这会儿心慌意乱的，没法给你们说……就知道像火箭一样，一下就飞到天上去了！"

"是这样，老伙计！"其他人附和着。

"咱们非放火烧了这房子不可！"兔子道。爱丽丝一听忙扯着嗓门大叫一声："要是你敢，我就放迪娜咬你！"

立刻死一般寂静。爱丽丝琢磨："不知兔子又想捣什么鬼，要是还聪明，就该把屋顶掀掉。"须臾，外面动了起来，兔子说："一车就够了。"

"一车啥东西？"爱丽丝好生疑惑，只见小石头下雨似的打到窗户上来，有些还打中了她的脸。"得让它住手。"爱丽丝又大叫一声，"你们最好别这样！"外面又是死一般悄无声息。

爱丽丝惊奇地发现落在地板上的所有小石头全变成了小蛋糕，心中一亮："要是吃下一块，肯定又会变，既然能把我变大，肯定也能把我变小呀。"

于是，她就吃了一块，高兴地发现自己飞快地变小，很快就小得能走出那道门了。她跑出屋子，发现外面有一大群小鸟、小兽在等着。可怜的小蜥蜴比尔给围在中间，由两只豚鼠抬着，它们正拿着只瓶子给比尔喂东西，一见爱丽丝出来，大家就冲了过来，爱丽丝连忙拼命逃，飞快地逃进一座密林，安全了。

她在林子里乱转，思忖着："头一件该做的事就是变成我原来的大小，第二件就是找到去那个美丽花园的路，这算得上顶棒的计划了。"

这计划听起来是棒，毫无疑问，又简单又干脆。问题是如何实施，她可一点主意也没有。正在大树后面探头探脑，忽听头上一声狗叫，忙抬头去看。

一只巨大的小狗睁着两只又大又圆的眼睛正俯视着她，还虚弱地伸出一只爪子想碰碰她。“可怜的小东西！”爱丽丝抚慰地叹一声，还想对它打个口哨，可又怕得要命，担心它肚子饿会把她当点心。

想都没想，她就捡起根小棍子朝小狗伸过去，小狗立刻乐得叫一声朝棍子扑过来。爱丽丝忙朝一棵野蓟后面一躲，免得给撞倒。刚从另一边露面，小狗又朝棍子扑了过来，结果栽了个跟头。爱丽丝觉得，这就像在跟一匹拉车的马玩游戏，时刻得当心别让它踩到脚底下。于是就绕着野蓟兜圈子，小狗朝棍子猛扑，每次向前跑一点儿又退后一大步，沙哑地狂吠，直到累得上气不接下气，坐在一旁直吐舌头，大眼睛也半闭上了。

这可是逃跑的好机会，她拔腿就跑，直跑得筋疲力尽透不过气，直跑到连小狗的叫声都模糊遥远。

“这小狗好怪哟！”爱丽丝朝一棵金凤花上一靠，摘片叶子扇着自己，“真想教它学几招，要是——要是我身材合适就好了！哦，天！差点儿忘了还得变大才行。想想看——怎么办呢？大概又得吃点东西、喝点东西了，要紧的是吃什么、喝什么呢？”

要紧的当然是吃什么、喝什么了。爱丽丝四下看看鲜花和青草，没发现适合吃喝的东西。身旁长着一朵大蘑菇，和她个子一般高。她往蘑菇下面看看，又往它两边和后面看看，还应该瞧瞧蘑菇顶上吧？她想。

她就踮起脚尖，顺着往顶上一看，咦，有一条蓝颜色的大毛毛虫，正坐在蘑菇顶上，叉着胳膊逍遥自在地吸一只水烟筒，对爱丽丝或别的一切都不理不睬。

毛毛虫的建议

毛毛虫与爱丽丝四目相对，都不吭声。最后毛毛虫取下水烟筒，懒洋洋地朝爱丽丝开了腔。

“你是谁?”

谈话这么开头可让人不乐观。爱丽丝羞答答地回答：“我……我也不知道。先生，眼下不知道……今早起床还知道的。可打那时起我一定发生了好几次大变化。”

“这话什么意思?”毛毛虫腔调严厉，“讲清楚!”

“恐怕讲不清楚，先生。因为我现在不是我自己了，您知道。”

“我不知道。”毛毛虫不买账。

“我恐怕没办法说得更清楚，”爱丽丝彬彬有礼，“因为我自己也不明白，一天变大变小把人都弄糊涂了。”

“不糊涂。”

“噢，也许您觉得不糊涂，可等您变成一只茧子，有一天您会变的，您知道——然后再变成一只蝴蝶，我想那时候您就会感到奇怪了，对不对?”

“根本不奇怪。”毛毛虫好固执。

“好吧！也许您感觉不同，可我觉得很奇怪。”

“你！”毛毛虫轻蔑地说，“你是谁？”

一句话又把两个人带回开头的地方。爱丽丝对毛毛虫这种过于简短的话有些恼火，就站直身子严肃地说：“我认为您应当先告诉我您是谁。”

“为什么？”毛毛虫反问。

又是一个难题。爱丽丝想不出任何理直气壮的原因。毛毛虫大概心绪不佳，爱丽丝只好转身走开。

“回来！”毛毛虫叫道，“有要紧话跟你说！”

这倒怪诱人的，爱丽丝转回来。

“别发脾气！”毛毛虫道。

“就这句话？”爱丽丝尽力咽下一口气。

“不！”毛毛虫说。

爱丽丝一想，等等也行，反正没别的事好干，说不定毛毛虫能说出什么值得一听的东西呢。可是它只顾吸水烟筒，好一阵儿才松开胳膊，把水烟筒取下来：“这么说你觉得自己变了？”

“是的，先生！我不记得从前记得的事了，而且身体老是变大变小，十分钟都到不了！”

“不记得什么事？”

“我想背一遍《忙碌的小蜜蜂》，可结果背出来全都走了样！”爱丽丝挺难过。

“那就背一遍《威廉爸爸，你老了》！”毛毛虫命令。

爱丽丝双手一叠，开始背起来：

“威廉爸爸，你老了！”儿子说，
“你头发都白了，
可还总是竖倒立——

这把年纪，合适吗?”
“年轻时，”威廉爸爸回答，
“我怕伤了脑筋，
可现在我已没脑筋了，
干吗不能竖倒立?”
“你老啦!”儿子说，
“刚才已讲过，
你胖得不得了，
可还在门口翻倒跟头，
请问，这么做有理吗?”
“年轻时，”智慧老头摇摇满头白发，
“我为保持四肢柔软，
抹的是这种油膏——一先令一盒——
卖给你两盒怎么样?”
“你老啦!”儿子说，“你牙不行了，
咬不动任何比板油更硬的东西，
可你把烤鹅全吃光，骨头都不剩——
请问，你怎么做得到?”
“年轻时，”父亲回答，“我打官司，
跟老婆辩论每件案子，
下巴的肌肉练得结实，
使我一辈子受用不尽。”
“你老啦!”儿子说，“人家都以为
你眼神不好使，
可你鼻子上还能摆条鳗鱼，
是什么使你这么聪明?”
“我已回答三个问题，够了!”

父亲道，“别那么神里神气！
我会听你废话连篇吗？
滚吧，不然就把你踢下楼去！”

“背得有些不对。”毛毛虫指出。

“恐怕是不全对，”爱丽丝惶惑地说，“有些字眼儿变了。”

“从头到尾全错了！”毛毛虫肯定地说。两个人又都不吭声。

毛毛虫先开口。

“你想变多大？”它问。

“哦，大小并不在乎，”爱丽丝忙道，“只是不喜欢变得次数太多，您知道。”

“我不知道。”毛毛虫又不买账。

爱丽丝无言以对，还从没遇到过这么多反对意见，有些不耐烦了。

“现在你满意啦？”毛毛虫又问。

“嗯，我想变得稍微大一点儿，先生，要是您不介意的话。三英寸高也太可怜了。”

“这么高很好！”毛毛虫光火了，边说边耸起身子（它正好三英寸高）。

“可我不习惯呀！”可怜的爱丽丝态度恳切，心想：“这些动物别这么爱生气多好！”

“到时候会习惯的。”毛毛虫说着又叼起了水烟筒，开始吸烟。

这回爱丽丝耐心地等它开口说话。一两分钟后，毛毛虫取下水烟筒，打个呵欠，摇摇头，然后爬下蘑菇，钻进草丛，边爬边说一句“一边能使你变矮，另一边能使你长高”。

“什么东西的一边另一边？”爱丽丝自问。

刚问出声，毛毛虫就回答“蘑菇”，接着很快爬得无影无踪。

爱丽丝看着蘑菇直犯难。蘑菇很圆，啥地方才算两边呢？真不好办。最后她就尽量伸直两只胳膊抱住蘑菇，两只手各掰下一小块。

“吃哪块变大，吃哪块变小啊？”她边问边把右手的一块咬一小口，试试作用如何。刚吃下去就感到下巴颏挨了重重一记，原来下巴砸了脚背！

被这突然的变化吓了一跳，她明白不可浪费时间，因为自己正在飞速变小。赶紧把另一只手上的蘑菇咬了一口，下巴紧紧地压在脚背上，连嘴巴都几乎张不开，不过她到底想法子从左手那块蘑菇咬下一口。“谢天谢地，脑袋总算自由了！”爱丽丝高兴地叫道。可她马上又慌了，因为发现两只肩膀大得找不到了。往下一看，但见一条巨长的脖子，仿佛脚下一片绿叶的海洋中耸立着一根长茎。

“那些绿色的东西会是什么呢？肩膀到哪儿去了？哦，可怜的双手，怎么看不见你们？”她边说边把手动一动，可是毫无结果，除了远处的绿叶有点点颤动之外。

看样子无法用手来摸头，她只好低头去找手。好在脖子还可朝四面八方转动，就像蛇一样。好不容易才把脖子扭来扭去，扭下来，正想往绿叶里钻——原来这片绿色的海洋就是她先头钻来钻去的树林子呀——忽然，只听扑棱一声，忙朝后缩，原来一只很大的鸽子扑到她脸上了，还用翅膀使劲拍打她。

“蛇！”鸽子尖叫着。

“我才不是蛇！”爱丽丝好气愤，“别碰我！”

“蛇，就是蛇！”鸽子又叫一声，不过声音没那么洪亮了。它呜咽一声又加一句：“什么法子都试过了，可都不行！”

“你的话我一点儿也不明白。”爱丽丝说。

“树底下试过了，河岸上试过了，篱笆中试过了！”鸽子不睬爱丽丝，只顾往下说，“可那些蛇坏蛋！总逃不过它的毒手！”

爱丽丝更不明白了，不过她知道不等鸽子说完，自己说什么也没用。

“好像孵蛋还不够麻烦似的，还得时刻提防蛇们，日日夜夜！哼！我都三星期没合眼啦！”

“你不高兴，我很遗憾。”爱丽丝开始明白它的意思。

“刚才在树林里最高的树上找到地方，”鸽子嗓门提到尖叫的程度，“刚以为总算躲开了它，可它又从天上扭下来啦！呸！可恨的蛇！”

“可我不是蛇，我说过了！我是……我是……”

“你到底是什么？”鸽子怒道，“我看你在瞎编吧！”

“我……我是个小姑娘。”爱丽丝犹犹豫豫地说，因为想到一天之间自己的反复变化。

“编得倒像！”鸽子非常轻蔑，“我这辈子见过的小姑娘多啦，可从没见过谁有这样的脖子。不，不！你是条蛇，抵赖也没用。你还想说你从没吃过蛋吧！”

“当然吃过蛋，”爱丽丝是个诚实的孩子，“可要知道，小姑娘和蛇一样，蛋吃得很多呀。”

“我才不信。要是她们也吃蛋，那她们就是一种蛇，我就这么看。”

这想法可是头一回听说，爱丽丝没吭声。鸽子抓住机会又讲：“你正找蛋哪，这我很清楚。你到底是小姑娘还是蛇又与我有什么相干？”

“可是跟我相干呀。而且我碰巧并不是在找蛋，就算在找，也不会要你的。我才不喜欢吃生蛋。”

“得啦，那你就快走开！”鸽子气冲冲地，又在巢里安坐下来。爱丽丝尽量蹲下身子，长脖子不断与树枝纠缠不清。她只好隔一会儿就停下来把脖子解开。过了一会儿想起手里还有蘑菇，就小心翼翼地开始吃。咬一小口右手的，再咬一小口左手的。一会儿长高，一会儿变矮，最后成功地恢复了平时的身高。

离开原先的身高这么长时间，刚恢复过来还有些别扭，不过她一会儿就习惯了。“快点儿，计划还有一半没完成。变来变去真奇怪，连自己下一分钟会变成什么怪样都吃不准。好歹现在又恢复原样啦。下一件事是到那个美丽的花园里去——怎么才进得去呢？”说着来到一片开阔地，前面有座小房子，大约四英尺高。“谁住在这儿呀？这么大去见他们可不行，会把人家吓坏的！”于是她就从右手里咬起蘑菇来，直到自己变矮到九英寸。

假海龟的故事

“你不知道见到你我多高兴，亲爱的宝贝儿!”公爵夫人亲热地挽起爱丽丝的胳膊，两人一道走着。

公爵夫人情绪这么好，爱丽丝挺高兴，心想先头在厨房碰见她那么凶大概是胡椒给弄的。

“等我做了公爵夫人（虽说把握似乎不大），我的厨房里不许有胡椒，煮汤根本用不着胡椒——说不定人们脾气暴躁就是吃多了胡椒的缘故。”有了这么个新发现她好开心，“醋使人尖酸，春花菊使人挖苦，麦芽糖之类使小孩子甜蜜可爱，大人要是明白这些，就不会那么小气，不肯多给我们吃糖了。”

她沉湎于思考，几乎忘了身旁的公爵夫人。听她在耳旁开腔不由一惊。“宝贝儿，你在想心事，都忘了说话啦。眼下还没法告诉你这么做的教训是什么，不过等会儿会想起来的。”

“只怕没什么可教训。”爱丽丝挺勇敢。

“嘘，孩子！样样事情都有教训，只要你去找。”公爵夫人边说边挨紧姑娘。

爱丽丝压根儿不喜欢她这么亲热。头一条，公爵夫人是丑八怪；

第二条，她的身高使她正好把下巴放在爱丽丝肩膀上。这下巴好尖，好让人难受。但出于礼貌，爱丽丝只好咬牙忍住。

“这会儿比赛打得好些了。”爱丽丝只好敷衍她。

“是吗？这件事的教训就是……哦，爱情，爱情使地球旋转！”

“可有人还说过，各人都留神自己的事，地球就转得快些！”爱丽丝小声挖苦她。

“啊，不错，都是一回事。”公爵夫人边说边把尖下巴戳进爱丽丝肩膀，“这件事的教训就是：‘意思清楚，话自明白。’”

“这人可真喜欢找教训。”爱丽丝嘀咕。

“我敢说你正奇怪我为什么不搂住你的腰，”公爵夫人停了一会儿说，“因为我怕你的火烈鸟脾气不好。我试试好吗？”

“它没准儿会咬人！”爱丽丝警告她，其实根本不在乎她试不试。

“非常正确，火烈鸟和芥末都咬人。这事的教训就是——羽毛相同的鸟一起飞①。”

“可芥末并不是鸟。”爱丽丝指出。

“正确。你说话很明白嘛！”

“是一种矿物质吧？”爱丽丝还在琢磨。

“当然是。”公爵夫人似乎随声附和爱丽丝的每一句话，“这附近有一架好大的芥末机。这事的教训就是：‘我的越多，你的越少。’”

“哦，知道了！”爱丽丝根本没听公爵夫人的话，叫道，“芥末是一种蔬菜，虽然样子不像，但的确是蔬菜。”

“同意。这事的教训就是：‘做人要表里一致。’或者，更简单地说就是：决不要想象自己是别人可能以为或已经以为或本可以成为或要是可能就会成为的人。”

爱丽丝礼貌地说：“这句话要是写下来我也许能懂，可您说的时

① 英文原文为：Birds of a feather flock together，意为“物以类聚”。

候我真听不明白。”

“这跟我只要愿意就能说的话相比还算不上什么。”公爵夫人挺得意。

“麻烦您别再说那么长的句子了，好吗？”

“哦，不麻烦！跟你说的每句话都是送给你的一件礼物呀！”

“这礼物倒便宜！幸亏人们祝贺生日不送这号东西！”不过想归想，爱丽丝没敢说出口。

“又想什么呀？”公爵夫人的尖下巴又一戳。

“我有权想我自己的事！”爱丽丝生硬地顶撞，有些恼了。

“就和猪想飞一样有权利。这事的教训是……”

可话到这儿突然停了，爱丽丝好生奇怪，公爵夫人才讲到她心爱的“教训”二字呀，挽着她的胳膊也在发抖。爱丽丝一抬头，原来面前站着王后，抱着两肘，立眉横目，活像一场暴风雨。

“天气真好，陛下！”公爵夫人忙小声问候。

“听着！公平警告，”女王边跺脚边嚷嚷，“要么你，要么你脑袋，马上滚蛋，挑吧！”

公爵夫人立刻逃之夭夭。

“咱们接着打球。”王后对爱丽丝说。小姑娘吓得哑口无言，慢慢跟着王后回到槌球场。

其他客人趁王后不在都躲到树荫下歇凉，一见王后又赶紧回去比赛。王后只骂一句“慢一会儿就要他们的命！”

王后老跟别人吵架，不停地大叫“砍他的头”或“砍她的头”。被处死刑的人都被充当球门的兵士带走押了起来。结果球门越来越少，半小时后一个球门也不剩，所有比赛者，除国王、王后和爱丽丝外，全被押了起来准备掉脑袋。

王后这时也不打了，累得气喘吁吁。问爱丽丝：“见过假海龟没有？”

“没见过。假海龟是什么东西？”

“是用来做假海龟的东西。”

“没见过，也没听说过。”

“那就跟我来，快点儿！让它给你讲它的故事。”

一起动身时，爱丽丝听到国王小声对众人说：“你们全都赦免了。”

“这可是件好事！”爱丽丝对王后下令处死的人数之多早就打抱不平。

他们很快就碰到一只鹰头怪①，在阳光下沉睡（要是你不知道它模样，请看插图）。“起来，懒骨头！”王后喝道，“把这位小姐带去见假海龟，听它讲故事。我还得回去看看死刑执行得怎么样。”说着她走了，把爱丽丝留给了鹰头怪。爱丽丝不喜欢这东西的相貌，不过好歹比跟那个野蛮的王后待在一块儿更安全，就等着。

鹰头怪坐起来揉揉眼睛，看看王后走得不见了才咯咯地笑起来。

“真好玩儿！”它半对自己半对爱丽丝说。

“什么好玩儿？”

“傻丫头，她呀！都是她瞎想罢了，其实谁也不会被砍头的。走吧，快点儿！”

“这儿的人都爱吆喝，”爱丽丝慢慢跟在鹰头怪后面，“从没被人这么吆三喝四的，长这么大从没有过！”

走不多远就看到假海龟独自伤心地坐在一块石头上，走近些还听到它在叹息，仿佛心都碎了。爱丽丝好同情它，就问鹰头怪：“它干吗难过呀？”鹰头怪说：“都是它瞎想罢了，它没啥好难过的。快点儿！”

于是来到假海龟面前，它抬起一双泪水汪汪的大眼睛看看他们，

---

① 鹰头怪：希腊神话中鹰头狮身有双翅的怪兽，有时用来做纹章。

一声不响。

鹰头怪对它说："这位小姐想了解你的事，她真的想听。"

"会告诉她的，"假海龟深沉而空洞的声音说，"坐下，你们两个。我不讲完别插嘴。"

大家坐下来。有一阵儿谁也不吭声。爱丽丝嘀咕："它要老不开口的话又怎么讲得完？"可她还是耐心地等着。

假海龟长叹一声终于开口："从前，我是只真海龟。"

说完又是一阵长长的沉默。只有鹰头怪偶尔发出怪叫声，还有假海龟不断沉重的呜咽，时不时打破一下寂静。爱丽丝简直想起身说"先生，谢谢您有趣的故事"，可又不由得想后面一定还有话，就安安稳稳地坐着不吭声。

假海龟终于又开口了："我们小时候，"它比先头平静些，不过偶尔还抽泣几下，"到大海里去上学。老师是只大乌龟——我们叫它大海龟。"

"它要不是海龟的话，你们干吗叫它海龟？"爱丽丝问。

"因为它教我们。"假海龟光火了，"你真笨！"

"这破问题还来问，不害臊！"鹰头怪也加上一句。它俩都瞪着可怜的爱丽丝，爱丽丝恨不得钻进地缝里去。最后，鹰头怪对假海龟说："接着讲，老伙计！别整天这样！"于是假海龟又讲：

"是的，我们去大海里上学，虽然你也许不信……"

"我没说不信！"爱丽丝打断它。

"你说了！"假海龟不讲理。

"闭上你的嘴！"鹰头怪没等爱丽丝再开口就骂一声。假海龟又接着讲："我们受到最良好的教育——实际上我们天天都上日校……"

"我也念过日校，"爱丽丝插嘴，"你用不着这么骄傲。"

"也有选修课？"假海龟急切地问。

“有呀。我们还学法语和音乐哩。”

“还有洗衣服?”

“当然没有。”爱丽丝愤愤地回答。

“哼!那你们学校不行!”假海龟松口气,“我们学校的招贴上最后还有法语、音乐、洗衣服……选修。”

“住在海里你们用不着学那个。”爱丽丝顶它。

“我付不起学费学选修课,”假海龟叹口气,“我只学了必修课。”

“是什么课?”

“先学旋转与滚动,当然啦,再学数学的不同分支——野心、发狂、丑化、嘲弄。”

“从没听说过‘丑化’这个字眼儿,”爱丽丝大胆地问,“什么意思?”

鹰头怪吃惊地抬起两只爪子:“从没听说过‘丑化’”?美化总知道吧?”

“知道,就是说……把东西……任何东西……弄好看些……”爱丽丝迟疑地说。

“那就对了,你要还不明白‘丑化’什么意思,就是大傻瓜。”

爱丽丝没勇气再问下去,只好转头问假海龟:“你们还学些什么?”

“嗯,还有神秘。”假海龟用它的阔鳍数着,“神秘,古老的,现代的;海洋学,还有慢拉……老师是条老海鳗,一周来一次,教我们蜷作一团,慢慢拉,伸展,再晕倒。”

“那是什么样子?”爱丽丝问。

“没法儿做给你看了,我浑身硬硬梆梆的,鹰头怪又没学过。”

“没时间,”鹰头怪接上话,“我跟老师学古典文学去了,它是只老螃蟹,真的。”

“我可从不去找它，”假海龟叹口气，“大伙儿都说它光教人笑和伤心。”

“是的，是的！”鹰头怪也叹口气，两人都把脸藏进爪子里。

“它们一天上课几小时？”爱丽丝见势不妙忙扭转话题。

“头一天十小时，第二天九小时，以此类推。”

“多怪的计划！”爱丽丝惊道。

“这才是叫它们功课的原因，因为它们一天一天减少下去嘛①。”鹰头怪说明道。

这倒是个新概念，爱丽丝想了想才说：“那第十一天一定放假啦？”

“那当然。”假海龟回答。

“那第十二天怎么办？”爱丽丝穷追不舍。

“功课说够啦，”鹰头怪不容置“喙”地说，“跟她讲玩儿的事吧。”

---

① 英文 Lesson（功课）与动词 Lessen（减少）同音。”

龙虾四对舞

假海龟长叹一声，拉住阔鳍擦擦眼睛，看看爱丽丝，欲说无言，因为给呜咽卡住了喉咙。“就跟嗓子里卡了骨头一样。”鹰头怪边说边摇它，还咚咚地捶它的背。好不容易假海龟才恢复了声音，眼泪串串地往下淌。接着讲：

“你大概没在海底住过多久……（“一天也没住过。”爱丽丝插嘴。）……大概也没被介绍给龙虾……（爱丽丝开口就说：“我从前尝……”可又忙忙打住，说：“不！从没有。”）……所以你根本不知道龙虾四对舞有多好玩！”

“的确不知道。是什么样的舞呢？”

“这还不知道，”鹰头怪应道，“先沿海岸站成一排……”

“两排！”假海龟叫起来，“海豹啦，海龟啦，鲑鱼啦，等等。然后把所有的海蜇都赶开……”

“那可得费不少工夫！”鹰头怪插嘴。

“向前走两步！”

“每人跟一只龙虾做舞伴！”鹰头怪叫道。

“没错儿。向前两步，和舞伴打一架！”假海龟道。

“交换龙虾，回到原位！”鹰头怪道。

“然后就扔……”假海龟道。

“扔龙虾！”鹰头怪说着往空中一蹦。

“尽量远远地扔到海里去……”

“再游过去追它们！”鹰头怪接着。

“在海里打个跟头！”假海龟手舞足蹈起来。

“再交换龙虾！”鹰头怪尖着嗓门大叫。

“再回到岸上。这就是第一种舞步。”假海龟突然声音一低，两个家伙一直疯狂地蹦来蹦去，此刻却悲伤地坐了下来，默不做声，看着爱丽丝。

“这舞一定很好看。”爱丽丝怯怯地说。

“想看吗？”假海龟问。

“很想看。”

“来吧，咱们试试第一种，”假海龟对鹰头怪说，“没龙虾也凑合。谁来唱？”

“哦，你唱吧，我把词全忘了。”鹰头怪回答。

于是它俩庄严地跳了一圈又一圈，跳近时还偶尔踩爱丽丝一脚。

假海龟挥舞前爪打起拍子，慢悠悠哀戚戚地唱道：

“走快一点好吗？”鳕鱼对蜗牛说，

“咱俩后头有只海豚，老踩我尾巴，

瞧，龙虾和海龟游得多快呀！

它们正在海滩上等着——

你也来跳舞好吗？

好吗好吗好吗好吗，

来跳舞好吗？

好吗好吗好吗好吗，

难道你不来吗？

"你真不知道会有多快活，
当我们龙虾被捡起来，
远远地朝海里一扔。"
可蜗牛回答："太远啦，太远啦！"
还斜了一眼——
说是非常感谢，但它不愿参加舞会，
不愿不愿不愿不愿，
不愿参加舞会，
不愿不愿不愿不愿，
不愿参加舞会。
"我们游多远有啥关系？"鱼朋友问它，
"那边还有海滩，你知道，就在那边，
"离英格兰越远就离法兰西越近。
可爱的蜗牛，别变脸，参加舞会吧，
好吗好吗好吗好吗，
来跳舞好吗？
好吗好吗好吗好吗，
来跳舞好吗？"

"谢谢，这舞会可真有意思。"总算收场了，爱丽丝挺高兴，"我挺喜欢鳕鱼那首怪里怪气的歌。"

"哦，说起鳕鱼，它们——你当然见过它们吧？"假海龟问。

"见过，常在正餐的时候见到……"她赶紧管住自己。

"正餐在哪里我不知道，"假海龟道，"不过，既然你常见到它们，该知道它们长什么样吧？"

"大概没错，它们的尾巴都含在嘴里……压在面包屑上头。"

"面包屑这点你搞错了，面包屑都会给海水洗掉。不过，它们的尾巴含在嘴里，原因是……"说到这儿，假海龟打个呵欠，闭上眼睛，对鹰头怪说，“跟她讲讲原因等等事情吧。”

“原因是它们跟龙虾一起跳舞，结果被丢进海里，丢得远远的，尾巴就掉到嘴里去了，没法子弄出来，就这么回事。”鹰头怪告诉爱丽丝。

“谢谢，真有意思。以前我对鳕鱼知道得太少了。”

“要是愿意听，我还可以多讲些。你知道为什么叫它鳕鱼吗？”

“从没想过这问题。为什么？”

“因为它能用来擦靴子和鞋子。”鹰头怪说得一本正经。

爱丽丝糊涂了：“擦靴子和鞋子！”① 她好吃惊。

“有啥可大惊小怪的？你用什么擦鞋子？我是说什么东西使鞋子那么亮？”

爱丽丝低头看看鞋，考虑一番才回答：“我想是用皮鞋油。”

“海里的靴子和鞋子都是用鳕鱼擦的，现在明白了吧。”

“那它们是用什么做的？”爱丽丝十分好奇。

“当然是用鳎鱼和鳗鱼，”鹰头怪挺不耐烦，“随便哪只小虾米都能告诉你。”

“我要是鳕鱼的话，”爱丽丝仍在想那首歌，“我就对海豚说：‘请你靠边儿！我们不想跟你在一起！’”

“它们必须跟它在一起。聪明的鱼不论去哪儿都跟海豚在一起。”假海龟道。

“是吗？”爱丽丝大为惊讶。

“那当然。要是一条鱼来找我，说它要出远门，我就会问有什么海豚呀？”

---

① 鳕鱼的英文为 whiting，该词同时指用来擦亮银器的白粉，故作者在此开玩笑。

“你该不是说有什么目的①吧？”

“我说的是什么就是什么！”假海龟不高兴了。鹰头怪打圆场：“得啦，给我们说说你的冒险吧。”

“可以。就从今早开始说。”爱丽丝有点儿心虚，“可是昨天的事说也没用，因为那时候我是另一个人。”

“解释解释！”假海龟道。

“不，不！先讲冒险，”鹰头怪急躁地说，“解释太费工夫。”

于是爱丽丝从她第一次碰见小白兔讲起。她有些害怕，因为刚开始讲，两个动物就一边一个凑到她跟前，眼睛瞪得溜圆，嘴巴张得老宽。不过她越讲胆子就越大，听的两个也安安静静。讲到为毛毛虫背诵《威廉爸爸，你老啦》背出来的词走了样时，假海龟猛抽一口气：“太奇怪了！”

“是怪得要命。”鹰头怪也说。

“词都走样了！我倒想听听她背诵，要她试试！”假海龟边想边说，又看看鹰头怪，仿佛它对爱丽丝拥有某种权威。

“站起来背一遍《懒汉的话》！”鹰头怪命令爱丽丝。

爱丽丝很气愤：“真是的，这些家伙动不动就下命令，还要人背功课。得啦，就算是待在学校吧。”她起身开始背，可满脑子都是龙虾四对舞的事，自己也不知所云，背出来的话全都很奇怪。

龙虾在说话，我听见它吹牛。
你把我烤得太黄，我得往头上抹白糖，
鸭子用眼皮，它就用鼻子，
收拾它的腰带和纽扣，
放出它的脚趾头。

---

① 英文 porpoise（海豚）与 purpose（目的）发音相近。

等沙子干掉，它就快活似云雀。
说到鲨鱼它根本看不起，
可大海一涨潮，鲨鱼全来啦。
龙虾就吓得直发抖。

“这和我小时候背的可大不一样。”鹰头怪说。

“我以前听都没听过哩！不过倒算得上不同寻常的胡说八道。”

爱丽丝无言以对，捧着脸坐下，不知道一切能否再恢复从前自自然然的模样。

“真想听她解释一下这首歌。”假海龟道。

“她解释不了，”鹰头怪忙说，“让她背下一段。”

“可它的脚趾头怎么回事？”假海龟不肯放过，“怎么能用鼻子把脚趾头放出来呢？”

“这是舞蹈中的第一种姿势。”爱丽丝回答，可自己也莫名其妙，只想换个话题。

“背下一段吧，”鹰头怪打圆场，“第一句是‘我路过他家菜园子’。”

就算知道肯定会背错，爱丽丝也不敢不背，就颤抖着声音背道：

我路过他家菜园子，一只眼睛发现
猫头鹰和黑豹正在抢一块馅饼，
黑豹争得饼皮、肉汁和肉馅，
猫头鹰也争得它的一份儿。
馅饼吃完，猫头鹰作为奖赏，
被允许把调羹装进口袋；
黑豹得到刀叉还吼一声。
宴会于是到此结束……

“要是不讲给我们听听，背那么多又有什么用？从没听过这么难懂的东西！”假海龟抱怨着。

“那好，我看你就别背了。”鹰头怪道。爱丽丝求之不得。

“咱们再来一段龙虾四对舞好吗？”鹰头怪又说，“还是让假海龟再给你唱支歌吧？”

“要是假海龟乐意，就请唱支歌吧！”爱丽丝操之过急。鹰头怪不高兴了：“哼，人各有所好！老伙计，那你就给她唱唱‘海龟汤’吧！”

假海龟深深地叹息，抽抽搭搭地唱起来：

美味的汤，又浓又绿，
在滚烫的汤碗里等着你！
谁见了这美味不弯腰闻闻？
晚餐汤，美味的汤！
晚餐汤，美味的汤！
美——味——汤！
美——味——汤！
晚——餐——汤！
美味、美味的汤！
美味的汤！谁还在乎吃鱼，
野味或其他菜式？
谁不会放弃别的一切，
来喝两便士美味的汤？
只花两便士的美味汤？
美——味——汤！
美——味——汤！

晚——餐——汤！
美味、美味的汤！

“该合唱啦！”鹰头怪大叫一声。假海龟正要再来一遍，远处忽然传来一声呐喊：“审讯开始啦！”

“快点儿！”鹰头怪抓住爱丽丝的手，不等假海龟把歌唱完就跑。

“什么审讯？”爱丽丝气喘吁吁地问。鹰头怪只说：“快点儿！”越跑越快。微风阵阵，吹来假海龟忧伤的歌声，越来越远……

晚——餐——汤，
美味、美味的汤！

谁偷了馅饼？

红桃王与红桃后正端坐在宝座上，众人簇拥四周——各种小鸟、小兽，还有整整一副扑克牌。红桃J站在对面，带着锁链，一边一个兵士押着他。国王旁边是小白兔，一只手握喇叭，另一只手攥一卷羊皮纸。法庭正中有张桌子，上头摆着一大盘馅饼。馅饼那么诱人，爱丽丝看一眼都饿得慌——“但愿他们快点儿结束审判，把点心传过来！”可似乎没这机会，她只好东张西望消磨时间。

爱丽丝从没见过法庭审讯，但在书上看过，她开心地发现这儿的一切她都能叫上名字。“那是法官，因为他头戴一顶大假发。”

顺便说一句，法官就是国王本人，王冠只好戴在假发上，样子真不舒服，当然也不好看。

“那是陪审团，有12只动物（爱丽丝只好叫它们动物，因为它们不是小鸟就是小兽）。它们全是陪审员啦。”“陪审员”这个字眼儿她说了好几遍，洋洋得意，因为觉得她这个年龄的小女孩没几个能懂这个词的意思。相同的意思还可以用另一个词①。

---

① 英文“陪审员”可以用juryman，也可用juror。

12位陪审员都忙着在石板上写着。“它们写什么？审判还没开始，有啥可写的呀？”爱丽丝悄悄地问鹰头怪。

“写名字。因为怕审判还没完就把自己名字给忘了。”鹰头怪回答。

“好蠢哟！”爱丽丝大声神气地说，但马上又住嘴，因为兔子已宣布：“全体肃静！”国王戴上眼镜，焦急地看谁还在讲话。

爱丽丝从陪审员的肩头打量一眼，发现它们都在石板上写下了“好蠢哟”三个字，其中一个还不会写“蠢”字，只好向邻座打听。“不等审判结束，这些石板可就一团糟啦！”爱丽丝暗想。

有个陪审员的笔吱吱地尖叫，爱丽丝当然受不了这个，就起身走到它后面，瞅了空子把那支笔拿走了。可怜的小陪审员（是蜥蜴比尔）根本搞不清发生了什么事，所以到处找了半天没找到，只好用一根手指头在石板上画来画去。这可白搭，因为石板上什么痕迹也没留下。

“哈罗德，宣读起诉书！”国王下令。

兔子立刻吹响三声喇叭，再打开羊皮纸宣读起来：

“一个夏日，红桃王后做了一些馅饼，

红桃J，偷走了馅饼，

悄悄逃跑了！”

“作出裁决！”国王命令陪审团。

“还不行！”兔子忙插嘴，“裁决之前还有一些程序！”

“传第一证人！”国王命令。白兔吹三下喇叭，呐喊：“第一证人到庭！”

第一证人原来是帽商，他一手拿只茶杯，另一手拿块夹黄油的面包：“陛下请原谅，我带来这些东西是因为传我的时候我还没吃完茶点。”

“该吃完了。何时开始吃的？”国王问。

帽商看看三月兔，它也跟在后头进来了，还挽着睡鼠。帽商说："我想是三月十四日。"

"是十五日。"三月兔纠正帽商。

"是十六日。"睡鼠又纠正三月兔。

"记下来！"国王命令陪审团。陪审员们忙在石板上写下这三个日子，再把它们相加，把答案分解成先令和便士①。

"脱下你的帽子！"国王喝令帽商。

"这不是我的帽子。"帽商回答。

"那就是偷的！"国王大叫，头朝陪审团一扭，陪审员们赶紧记录。

"我戴帽子是为了卖帽子，我自己没帽子，我是卖帽子的。"帽商只好解释。

王后戴上眼镜开始瞪着帽商，帽商吓得面无人色，手足无措。

"提供证词，别害怕。不然就当场判你死刑！"国王喝道。

此话根本没给证人宽心，他两脚不停地掉来掉去，战战兢兢地看着王后，慌乱中没咬面包倒把茶杯咬下一块。

这时爱丽丝产生一种奇怪的感觉，困惑半天才明白原来自己又开始变大了。她想站起来离开法庭，可转念一想，只要坐得下就先留下吧。

身旁的睡鼠不乐意了："别这么挤人好吗？我连气都透不过来啦！"

爱丽丝和和气气地说："我也没办法，我在长哪！"

"你无权在这种地方长来长去的！"睡鼠抗议。

"别瞎说，你还不是也得长吗？"爱丽丝变勇敢了。

---

① 先令与便士均为英国原货币单位，20先令为1镑，12便士为1先令。

“没错！可我长得有条有理，不像你这样快得荒唐！”睡鼠起身忿忿离去，到法庭另一边坐下。

这段时间王后一直对帽商怒目而视，睡鼠穿过法庭时，她对一位官员下令：“给我把上次音乐会的歌手名单拿来！”可怜的帽商一听就浑身乱颤，吓得连鞋子也抖掉了。

“提供证词！”国王生气地重复一遍，“不然就砍你的脑袋，不管你害怕不害怕。”

“陛下，我是个穷汉，”帽商浑身战栗，“我还没开始喝茶呢……一个多星期了……黄油面包又这么菲薄……一丁点儿茶水。”

“一丁点儿什么？”国王问。

“一丁点儿茶水。”帽商回答。

“当然是一丁点儿茶水！你当我是白痴？往下说！”国王厉声喝道。

“我是个可怜的穷汉，家产全败光啦——可三月兔说……”

“我没说！”三月兔忙打断他。

“你说了！”帽商道。

“我否认！”三月兔道。

“它否认，跳过这一节。”国王道。

“无论如何，睡鼠说过……”帽商边说边着急地看看睡鼠会不会也否认，可睡鼠啥也不否认，早已呼呼入梦乡了。

“后来，我就多切了一点儿黄油面包……”

“可是睡鼠说过什么？”一位陪审员发问。

“不记得了！”帽商道。

“必须记得，不然就砍你的脑袋！”国王说。

凄惨的帽商把茶杯和面包一丢，跪下一条腿：“陛下，我是个可怜的穷汉。”

“你还是个可怜的笨蛋！”国王道。

这时一只豚鼠欢呼起来，立刻被法庭官员压制了（这个词太厉害，不过听我说明一下。他们把一只大帆布袋一头用绳子扎紧口子，再把这只乱叫的豚鼠头朝下塞进去，然后坐在上头，是谓压制。）。

“好在亲眼目睹了这种事，”爱丽丝想，“报上常看到‘审判结束时有人想鼓掌，立即遭到法庭官员压制’的字样，现在总算明白是怎么回事了。”

“要是就知道这些，站下去吧！”国王命令。

“没法儿再站下去了，因为我站的就是最低层。”帽商道。

“那你就坐下。”

这时又一只豚鼠欢呼起来，也立刻受到压制。

“好哇，豚鼠算完了，现在可以顺当一些了。”爱丽丝想。

“我真想吃完我的茶点。”帽商边说边焦急地看看王后，她正在看歌手名单。

“你可以走了！”国王道。帽商一溜烟地逃了，连鞋都来不及穿。

“一到外面就砍他的脑袋！”王后命令手下。可手下赶到门口时，帽商早已没了踪影。

“传下一个证人！”国王命令。

第二证人是公爵夫人的厨师，她手拿一只胡椒盒子，还没进门，爱丽丝就猜到来者是谁，因为门口的人全体一起打喷嚏。

“提供证词！”国王命令她。

“不干！”厨师竟回答。

国王连忙看看兔子，兔子小声出主意：“陛下，您必须仔细盘问她。”

“好吧，会的。”国王有些发愁。他胳膊一抱，眉头一皱，使劲瞪着证人，直到眼睛都快看不见了才从喉咙深处冒出一句：“馅饼用什么做的？”

“大半儿用胡椒！”厨师答道。

“用糖浆。”她背后传出一个睡意昏昏的声音。

“逮住那只睡鼠！”王后尖叫，“砍它的头！赶它出去！压制它！拧它！拔它的胡子！”

一时间法庭大乱，一齐动手赶那只睡鼠，待众人落座，厨师却无影无踪。

“没关系！”国王大松一口气，“传下一个证人！”又低声对王后说，“亲爱的，你必须仔细盘问下一个证人，我头都疼了。”

爱丽丝看着兔子在翻那张羊皮纸，不知下一个证人会是什么样子。

“他们还没弄到多少证据哪……”她心想，可想想看她有多吃惊，因为兔子这时尖着嗓门叫道：“传爱丽丝！”

爱丽丝的证词

“到!”爱丽丝忙答应，慌乱中忘了刚才自己已长得又高又大，跳起来时裙边把陪审席也带翻了，所有陪审员都给掀到了下面人群的头上。它们摊手摊脚躺在地上，使她想到一周前被她打翻的一缸金鱼。

“哦，真对不起!”她沮丧地边叫边赶快把它们从地上捡起来，因为想到金鱼那件事，就觉得应尽快把这些小东西捡起来放回陪审席，不然它们准会死掉。

“审讯无法进行，直到全体陪审员回到座位上——全体!”国王十分严肃地重复最后一个字，狠狠地盯着爱丽丝。

爱丽丝看看陪审席，发现自己慌慌张张地把蜥蜴放了个头朝下。

可怜的小东西正难受地摇尾巴，她赶快捡起它放好，对自己说：“这小东西虽不重要，不过也许对审讯有点儿帮助。”

陪审团从动乱中镇定下来，石板和笔也都找到了还给它们，大家十分卖力地记下刚才的事件。除蜥蜴外，它大概受惊过大，只顾张大嘴傻坐着瞪天花板。

“这件事情你知道些什么?”国王问爱丽丝。

“什么也不知道。”

“无论什么都不知道?”国王不肯放过。

“无论什么都不知道!”爱丽丝回答。

“这一点很重要。”国王把头转向陪审团。大家刚开始记这句话，兔子打岔了:“陛下的意思当然是‘不重要’。”兔子口气虽毕恭毕敬，却皱着眉头朝国王做鬼脸。

“我的意思当然是不重要，”国王忙改口，接着就小声自言自语，“很重要……不重要……不重要……很重要……”仿佛想试试哪个字眼儿更好听。

结果有的陪审员记下的是“重要”，有的却记着“不重要”。爱丽丝离陪审团很近，所以一目了然。“反正没关系。”她想。

忙着在笔记本里写了一气的国王大叫一声:“肃静!”然后照他的本子宣读:“第四十二条规定，所有身高超过一英里的人必须离开法庭。”大家全都看爱丽丝。

“我没有一英里高!”爱丽丝声明。

“你有!”国王道。

“差不多两英里高啦!”王后添一句。

“我不走！无论如何也不走。再说，你那规定不正常，是你刚才制定的。”

“这是本子里最古老的规定。”国王说。

“那就应当是第一条呀!”爱丽丝不信。

国王大惊失色，忙合上笔记本。“考虑你们的裁决!”他对陪审团下令，声音又小又抖。

“陛下，还有些证据不足，”兔子急了，“这是刚捡到的纸。”

“上面写什么?”王后问。

“还没打开呢，好像是封信。是犯人写给……写给某个人的。”兔子说。

“那自然，除非不写给任何人，那就怪了。”国王说。

“写给谁的?”一位陪审员问。

“不给谁，外面什么也没写。”兔子说着打开那张纸，“原来不是信，是首诗。”

“是犯人笔迹吗?”另一位陪审员问。

“不，不是的。”兔子道，“怪就怪在这里。”陪审员全愣了。

“他肯定模仿了他人笔迹。”国王判断。陪审员全都高兴起来。

“陛下，”红桃J终于开口，“不是我写的，他们也无法证明是我写的。最后没签名。”

“要是你连名都不签，那就更糟，”国王道，“你肯定在捣鬼，不然就会像诚实的人一样签上名字。”

众人一听鼓起掌来，一整天国王总算说出一句聪明话。

“不用说，那就证明他有罪，”王后道，“因此，砍掉……”

“这什么也不能证明!”爱丽丝打抱不平，“你们连上面写的什么都不知道!”

兔子戴上眼镜，说：“陛下，请问从何念起?”

“从头念起，”国王一本正经，“一直念到尾，然后停下。”

法庭一片死寂，兔子大声念：

人家告诉我你去找过她，
还对她提到过我：
她说我是好人，
但是不会游泳。
他告诉他们我还没走
(我们知道此话当真)：
要是她继续蛮干，
那你可怎么办?

我给她一个，他们给他俩，
你给我三个或更多；
它们全都经他到了你的手，
虽说从前全是我的。
要是我或她偶然
卷入这桩公案；
他指望你给它们自由，
正像我们一样。
我认为你一直
(在她这次发作之前)
是个障碍，夹在他
和我们，还有她之间。
别让他知道她最喜欢它们，
因为这件事必须
严守机密，不让别人知道，
除了我和你。

“这是我们听到的最重要的证据，”国王搓搓手，“所以现在请陪审团……”

“要是谁能把这东西讲清楚，”爱丽丝主持公道（刚才几分钟她已变得很大，根本不怕打断国王的话），“我就给他六便士。我看这东西毫无意义。”

陪审团全体都在石板上记下：“她认为这东西毫无意义。”但谁也不敢站出来解释这份东西。

“要是毫无意义的话，倒省了大麻烦，因为我们不用再找意义了。不过我也不知道，”国王边说边把这张纸铺到膝盖上，用一只眼睛看看，“好像还有点儿意思……什么？‘说我不会游泳’？你会游泳吗?”他问红桃J。

红桃J悲哀地摇摇头:“我样子会吗?”(它当然不像,因为它全身都是纸做的。)

“好啦,”国王又念起那些诗来,“‘我们知道此话当真’……这当然是陪审团说的……‘要是她继续蛮干’——肯定指王后……‘那你可怎么办?’……什么?不错!……‘我给她一个,他们给他俩’……这下清楚了,肯定他就是这么偷掉馅饼的……”

“可是下面又说‘它们全都经他到了你的手’呀。”爱丽丝指出。

“不错,正是了!”国王满脸得意地一指桌上的馅饼,“没比这更清楚的了。接着是‘在她这次发作之前’……你从没发作过吧,亲爱的?”他问王后。

“从没有!”王后怒气冲天,把墨水瓶朝蜥蜴摔过去。(蜥蜴发现自己手指头写不出东西,已停止在石板上画来画去。这下正好,忙蘸着顺脸往下淌的墨水写了起来,只要不干就能行。)

“这么说这句话对你不合适。”国王看看法庭,笑了。一阵死一般的安静。

“是个双关语!”国王忽而生气地说,众人都笑起来,“让陪审团裁决!”国王这句话一天中已说到第二十遍。

“不,不行!”王后叫道,“先判刑——后裁决。”

“一派胡言!”爱丽丝大叫,“哪有先判刑的!”

“闭上你的嘴!”王后气得面孔通红。

“偏不!”爱丽丝还不示弱。

“砍掉她脑袋!”王后放声大叫,可没人动。

“谁怕你们?”爱丽丝说(此刻她已恢复到原先大小),“一副扑克牌罢了!”

听到这里全体扑克牌都飞到空中朝爱丽丝扑过来。她惊叫一声又气又怕，想把它们赶开。

结果发现自己躺在河岸上，头枕着姐姐的膝盖，姐姐正伸手温柔地拂开落在她脸上的枯叶。

“醒醒，亲爱的妹妹！瞧你睡得多香啊！”

“哦，我做了一个好怪的梦啦！”爱丽丝就把自己记得的，所有你们刚读过的她的奇遇，讲给姐姐听。讲完时，姐姐亲亲她说：“真是个怪梦。不过你该回家喝茶啦，天晚啦！”于是爱丽丝起身就跑，边跑边想自己做了一个多么美妙的梦。

但是姐姐静坐不动，手撑着头，凝望着夕阳西下，回味着小爱丽丝的奇遇。直到自己也开始做起梦来，下面就是她的梦……

起初她梦见妹妹的一双小手再次紧抱着她的膝盖，明亮热烈的眼睛抬头凝望着她……她能听到妹妹的声音，看到妹妹头一扬，把那绺总是遮住眼睛的头发甩到后头去……她听啊，听啊，或者仿佛在听啊，听啊，周围一时热闹起来，挤满了妹妹梦中那些奇怪的小鸟小兽。兔子跑过时，长长的草叶刷到了她的脚……受惊的老鼠哗啦啦地游进旁边的池塘……三月兔和朋友们的茶杯碰得铿锵作响，正在分享那永不结束的茶会。还有王后尖声尖气地下令把不幸的客人统统赶出去杀头……猪宝宝在公爵夫人腿上再一次打着喷嚏，而盘子碟子都在旁边摔得粉碎……鹰头怪凄厉地尖叫，小蜥蜴的笔吱吱地刺耳朵，被压制的豚鼠透不过气，呼哧呼哧，与忧伤的假海龟遥远的呜咽融合在一起。

于是她坐着不动，闭上双眼，将信将疑自己也身入奇境，尽管知道只要眼睛一睁，整个世界又会变得无聊乏味……青草只会在风中沙沙作响，池水随芦苇的摇动泛着涟漪……茶杯的铿锵会变成叮叮当当的羊铃，王后的尖叫化作牧羊少年的吆喝，宝宝的喷嚏、鹰头怪的尖叫以及所有别的怪声音都会变（她知道），变成繁忙农场的一片嘈杂……远处牛群哞哞的叫声也会代替假海龟沉重的呜咽。

最后，她想象着自己的小妹妹将来有一天会长大成人，变得成熟，她将会怎样永远保持自己纯真可爱的童心；将会如何把别人的小孩子召唤到一起，给他们讲许多奇妙好听的故事，甚至包括很早以前那个梦游奇境的梦，让孩子们的眼睛也变得明亮热烈；还有她怎样与孩子们分担他们纯洁的忧伤，共享他们天真的快乐，永远怀念自己的童年时代和这些愉快的夏日。

Part Two

爱丽丝镜中奇遇

无忧无虑小孩童，
纯洁眼睛好做梦。
岁月飞逝真无情，
你我年龄差一倍。
张张小脸笑盈盈，
欢迎童话——爱的馈赠。
从未见过你灿烂的笑脸，
从未听过你银铃般的笑声，
从没想过在你年轻的生命里，
为自己找到一个位置——
我已感到十分满足，
只要你肯听我讲故事。
这故事开始在很早以前，
那时候夏日阳光灿烂，
古朴的钟声当当敲响，
为我们的双桨打拍子——
那钟声依旧回响在记忆中，
尽管妒忌的岁月会说“早忘了”。
那就来吧，愁眉苦脸的小姑娘，
在可恶的召唤未来之前，
在不受欢迎的睡觉时间降临
之前，
且来听故事。
亲爱的，我们也不过是老小孩，
烦躁地发觉上床时间快到了。
屋外，大雪铺天盖地，
狂风怒号纵情发泄；
屋里，炉火散发通红闪光，
是孩子们快乐的摇篮。
神奇的故事将紧紧抓住你的心，
你不会理睬风儿的咆哮。
也许吧，一声悲哀的叹息，
会颤抖着穿过整个故事，
因为“快乐的夏日已消逝，
夏日的辉煌也随之而去——
但苦恼将永远不能破坏，
我们童话世界的愉快欢欣”。

镜中屋

有一点肯定无疑，小白猫与此事毫无关系。那都是小黑猫闯的祸，因为过去一刻钟以来，白猫一直在被猫妈妈洗着脸（考虑到洗了这么久，它忍受得够勇敢了）。所以你瞧，白猫压根儿不曾调皮捣蛋。母猫迪娜给小猫洗脸是这样的：先用一只爪子揪住小猫的耳朵，再用另一只爪子把小猫的脸搓个遍。方向不对头，从鼻子开始搓。刚才，正如我所说，它正使劲地给小白猫洗脸呢，小白猫老老实实地躺着，很想呜呜叫……毫无疑问，它觉得一切都是为了自己好。

可是小黑猫下午早些时候就已被洗过脸了，所以，爱丽丝蜷在大扶手椅里半打瞌睡半自言自语的时候，小黑猫就把她正缠的一团绒线玩了个痛快，把线团滚过来滚过去，结果全散了。瞧！就在那儿，在壁炉前的地毯上摊了一地，乱糟糟纠缠一起。小猫呢，则在乱线中追自己的尾巴开心。

“哦，你这小坏包，小坏包！”爱丽丝逮住小猫，亲一下，让它明白自己闯了祸。“真是的，该教你懂点儿规矩了！迪娜，你真该教教！”她又责备地瞪一眼猫妈妈，尽量用生气的腔调说话——然后爬回大椅子，把小猫和线团都抱在手里，重绕线团。可是绕不快，因为她老讲话，一会儿跟小猫讲，一会儿跟自己讲。小猫故作正经地坐在爱丽丝腿上，装成在看她绕线团，时不时探出一只爪子轻轻地碰碰线团，仿佛要是能帮上忙的话，它会很高兴。

“咪咪，知道明天是什么日子吗?”爱丽丝开口了，“先头要是你跟我一起在窗户跟前就猜得到了。不过，那时候迪娜在给你洗脸呢，所以你没法子。我在看男孩子捡棍子准备点篝火……得捡好大好大一堆棍子才行，咪咪！可是天好冷，又下着大雪，他们只好停下了。没关系，明天咱们去看篝火。”说到这儿，爱丽丝把线往小猫脖子上绕两三圈，看看会是啥模样。这下惹了乱子，小猫一抓，线团滚到地板上，一码一码又都散了。

“咪咪，知不知道我很生气?”两人刚舒舒服服地安顿下来，爱丽丝又接着讲，“一看你闯的祸，我简直就想打开窗户，把你丢到雪地里去!”她举起一根手指头，“让我数数你干的所有坏事。头一件，今早迪娜给你洗脸时，你尖叫了两声。咪咪，甭想赖，我听见啦！你没什么?(假装猫咪在说话。)迪娜的爪子抓到你眼睛啦?噢，那怪你自己不好，谁让你睁着眼睛呢?要是你闭得紧紧的，就啥事儿也没啦。行啦，别再找借口，听我讲！第二件，我刚把牛奶碟子放到雪球面前，你就抱着它的尾巴把它拽开了！什么?你渴了?你怎么知道它不渴呢?第三件，我一不留神，你就把我的线团全弄散了！

“咪咪，你已闯了三次祸，还没受一点儿惩罚。要知道我把你干的坏事都攒起来，等到星期三再一起算账……想想看，大人说不定也在把我犯的错都攒起来一起处置呢!”她不停地说着，不像对猫咪说，倒像对自己说，“一年完了的时候，大人会怎么办?那天到来时，大概我得被关进监狱吧?或者——让我想想……假使每次的惩罚就是不许吃饭，那，等凄凉的日子到来，我就得一次被罚少吃五十顿饭喽！这我不在乎！反正不吃饭比吃饭还好些!”

“咪咪，你听见雪花落在窗户玻璃上了吗?多好听，多温柔呀!

就像有人正在外面亲吻窗户呢。不知雪花爱不爱大树和田野，是不是也这样轻轻地吻它们？然后用一床白色的被，把它们全都舒舒服服地盖起来。也许还会说：‘亲爱的，睡吧，等夏天再来临。’等它们夏天苏醒的时候，咪咪，它们就全都披上绿衣裳，随风起舞啦！哦，那可真好！”爱丽丝高兴地一拍巴掌，把线团掉在地上了，“要是真的多好！我敢肯定树林秋天的时候睡意沉沉，叶子都变黄啦！”

“咪咪，你会下棋吗？听着，别笑，宝贝儿，我是认真的。因为刚才我们下棋的时候你在看，那样子好像也懂似的。我说‘将军！’时，你喵喵地叫来着！这一军可将得好。咪咪，我本来可以赢的，都怪那个将士捣乱，它曲里拐弯地走到我棋子中间来了。咪咪，宝贝儿，咱们来假装……”讲到这儿，我希望能告诉你们一串爱丽丝喜爱的口头禅，头一句就是“咱们来假装”。头天她才和姐姐争了好久，就因为爱丽丝说了句“咱们来假装一群国王和王后”。姐姐看来很严格，说那不行，因为她们只有两个人。爱丽丝最后只好让步：“好吧，那你就扮他们中间的一个，我扮其他所有的人。”还有一次，爱丽丝突然朝老保姆耳朵大叫：“保姆，咱们来假装我是一头饿慌的海乙那，你就是块骨头。”把老保姆吓了一大跳。

可咱们又扯远啦，还是回头讲爱丽丝对小猫说的话吧。“咪咪，咱们来假装你是红后，明不明白？我觉得你坐起来该把胳膊叠在一块儿，看起来正像她。来试试，听话！”爱丽丝从桌上拿下红后，放到小猫面前做模特儿，好让它模仿。可是不行，主要因为，爱丽丝说，因为咪咪胳膊叠得不对，所以作为惩罚，她把咪咪举到镜子跟前，让它瞧瞧自己闷闷不乐的样子，“你要不马上乖一点儿，就把你扔到镜子里去，喜不喜欢？“咪咪，要是你听话，不这么多嘴多舌，我就告诉你镜子里所有的秘密。首先，有一间你从镜子里能看到的房间……就和咱们的起居室一模一样，只是东西全是反的。只要我爬到椅子上就能看到，除了壁炉后头那块地方。哦，真希望也能看到那块地方！真想知道他们冬天是不是也生一炉火。要知道，谁也说不准，除非咱们的炉子冒烟，烟就会冒到那间屋子里去……不过那也可能是装的，就摆个有火的样子。他们的书嘛，和咱们的差不多，不过字全是反的。我知道，因为我把咱们的书举一本到镜子跟前，他们就在他们那边也举起一本来。

“咪咪，喜不喜欢住到镜子里去呀？不知人家给不给你牛奶喝？说不定镜子里的牛奶不新鲜。不过，哦，咪咪，现在咱们到走廊上了，你可以从镜子里也看到那里面的走廊。要是你把咱们起居室的门开得大大的，就会发现他们的走廊和咱们的很像，只不过更远的地方也许会不同。哦，咪咪，要是咱们能走到镜子里去该多好呀！我肯定里头会有好美丽的东西！咱们假装有办法进去。咪咪，咱们假装镜子就跟薄纱一样软和，那就可以进去了。咦，它在变了，变成一片薄雾了，你瞧！这下就好进去啦！”说着她已到了壁炉架上，虽然自己也不知怎么会到那上头去的，而且镜子真的开始融化，好像一层明亮银色的雾。

再过一刻，爱丽丝就轻轻一跃穿过镜子，来到镜中的房间。头一件事就是察看壁炉里是否生了火，一见有火她好开心。炉火熊熊地燃烧，跟她刚离开的房间一样。“这下就跟在老房间里一样暖和了，”爱丽丝想，“老实说，还更暖和哪，因为这儿没别人唠唠叨叨，要我离火远一点儿。哦，要是他们见我穿过镜子到了这地方，又抓不着我，那多好玩！”

接着她四下打量，发现从老房间能看到的东西都很一般，没啥意思。但是别的东西倒大不相同，比方说，炉子旁边墙上的画好像是活的，炉架上那个钟（要知道，从镜子里你只能看到它背面）有张小老头似的脸，笑眯眯地对着她。

“这间屋子没别的地方干净。”爱丽丝对自己说，因为发现有几只棋子掉下壁炉台跟炉灰做伴了。不一会儿她“哎呀”地惊叫一声，就趴在地上看他们，原来棋子在走来走去，两两成双！

“这是红王和红后。”爱丽丝悄悄地说，怕吓着他们，“那是白王和白后，正坐在铲子边上——这儿有两个车，手挽手地走。他们大概听不见我。”她边说边把头再凑近些。“大概他们也看不见我。不知怎么回事，我好像变得看不见了。”

这时，什么东西在背后的桌子上吱吱地叫起来，回头正好看见一只白兵滚倒了，正两腿乱蹬，她好奇地看下面会发生什么事。

“是孩子在叫！”白后惊呼一声，冲过白王把他撞翻在炉灰里，“莉莉宝贝，我们皇家的咪咪！”她手忙脚乱地往围栏上爬。

“皇家的废物！”白王揉揉鼻子。他有权对白后发点儿小脾气，因为他从头到脚都是炉灰。

爱丽丝急于帮忙，可怜的小莉莉正发狂地尖叫。她忙把白后捡起来放到桌子上她那吵人的小女儿身旁。

白后喘着，坐了下来。空中的快速旅行使她透不过气。一两分钟内她干不了别的，只能默默地搂着小女儿。稍稍恢复过来，她就对坐在灰堆里生闷气的白王喊道：“当心火山！”

“什么火山？”白王担心地抬头看看炉火。

“把我炸起来了。”王后还有点惊魂未定，“上来时当心点儿，好好的，别给炸着！”

爱丽丝眼看白王慢腾腾地从一根栏杆爬到另一根栏杆，忍不住说：“喂，瞧你这速度得好几个钟点才得到了桌子上。我很乐意帮你一把，怎么样？”可白王不睬她，明摆着，他既听不见也看不见她。

于是爱丽丝就轻轻地把他捡起来，比拎白后的速度慢得多，免得他透不过气。可是放下之前，她觉得该先给他掸掸灰尘，瞧他那浑身炭灰的邋遢样儿。

后来她说，长这么大从没见过白王的那副狼狈样。白王发现自己被一只看不见的手拎起来掸灰，就惊叫起来，眼睛越瞪越圆，嘴巴越张越大，直到爱丽丝笑得双手直抖，险些将他摔到地板上。

“哦，宝贝儿，别做这怪样子！”她失声叫起来，忘了人家根本听不见，“我都笑得拿不住你啦！别把嘴张这么大，炭灰会钻进去的——好啦，现在我看你够干净了！”她理理白王的头发，把他放到桌子上白后的旁边。

白王立即仰面跌倒，一动不动。爱丽丝吓坏了，不知自己闯了什么祸，就在屋里找了一圈，看能否找到水往他脸上泼一下，可是只找到一瓶墨水。回来一看，白王已苏醒，正惊魂未定地与白后唧唧咕咕。声音太小，爱丽丝简直听不到。

白王说：“亲爱的，告诉你吧，我连胡子尖儿都变凉啦！”

白后说：“你没长胡子！”

白王说：“那一刻的恐惧我永远永远忘不了！”

“可你会忘的，要是不做备忘录的话。”白后道。

爱丽丝听得津津有味。只见白王从口袋里掏出一本巨大的笔记本，开始写起来。她灵机一动，就抓住一直伸到白王肩头的铅笔尖，开始为他写。

可怜的白王大惑不解，纳闷地与铅笔较量一番。爱丽丝比他力气大多啦。最后白王失声惊叫：“亲爱的，我真得换一支铅笔啦。这笔根本不听使唤，写的东西我连想都没想过……”

“写的什么？”白后探头看看（爱丽丝在笔记本上写下了“白王从捅火棍上滑了下来，失去平衡”），“那可不是你感觉的记录！”

桌子上离爱丽丝不远的地方摆着本书，她观察白王时（因为挺为他担心，万一他再晕倒的话，好时刻准备把墨水朝他泼过去），就随手翻翻书页，发现有些地方能看懂一点点——“这种语言我可没见过。”——无意义的废话。

看了半天不明白，但到底恍然大悟：“原来是镜子里的书嘛！只要将它对着镜子，字的方向就对头啦！”

她看到的是这样一首诗：

无意义的废话

午后时分，粘糊快当的“透夫”，
在草地上又转又钻，
鲍罗鸟可怜又伤心，
猪儿回家直哼哼。
当心杰布沃克，我的孩子，
它牙齿尖，爪子利；
当心朱布朱布鸟，
躲开这只发狂的发狂的怪物。
他手握旋风剑，
早把敌人等，
在塔姆塔姆树下歇口气，
站在那儿想一想。
此时杰布沃克眼喷火苗，
风一般刮过了塔尔吉树林，
边扑边笑！
一二！一二！旋风剑！
一下又一下刺过去，
他杀死了杰布沃克，
拎着它脑袋飞奔回家。
你除掉了杰布沃克？
让我拥抱你，我快乐的孩子。
多好的天气！卡路，卡里！
它乐得哈哈大笑。

“看样子倒不错，可惜有点儿太难懂！（你瞧，她连对自己都不愿承认，其实她根本什么也没看懂。）好像给我脑子里添了不少东西。只不过不知道到底是什么罢了。不管怎么说，是有个人杀死了一个东西，这一点没错。”

“哎呀！”爱丽丝突然跳起来。“得赶快！不然还没来得及看看镜子里别的地方，又该穿过镜子回去了。先去看花园！”她马上跑出房间，奔下楼梯——或者算不上跑，只是一种更快捷更方便的下楼新方法吧。她只用双手攀住栏杆，顺着往下一滑，脚连楼梯都没碰一下，就一下子滑过了门厅，若不是及时抓住了门把手就会笔直飞出门去。她飞了一番，有些晕乎乎的，等双脚重新踏着大地走起路来，感到好开心。

活花园

“要能爬到那个小山顶上去，就可以把花园看得更清楚。这儿有条路笔直通向山顶。不，不对！（她沿这条路走了几码，拐过几个急弯站定。）不过，它最后总会到山顶的。干吗这么拐来拐去，不像路，倒像开塞钻！这个弯大概通向小山……不，不是的！又笔直回到房子跟前了，那就试试另一个弯。”

于是她时而拐上，时而拐下，拐一个弯又一个弯，不论怎么拐，总是回到房子跟前。有一回拐得太快，结果来不及收脚，一头撞到了房子上。“再说也没用了，”爱丽丝抬头瞧瞧，假装和房子吵架，“我还不想进去呢。我知道，本应该再次穿过镜子回到老房间，可那样我的历险就完啦！”

于是信心坚定的爱丽丝转身离开房子，再次走上小路，打算一直走下去，直到山顶。头几分钟一切顺利，刚刚说“这回真能办到了”，小路就一个急转弯，抖一抖（后来她就是这样形容的），接着就发现自己正朝房子里走了。

“哦，真可惜！从没见过这种捣乱的房子，没见过！”

然而，小山遥遥在望。没别的法子，只有再次出发。这一次她来到一座大花坛旁，四周是一圈雏菊，中间长着棵柳树。

“喂，卷丹花！你们要是会说话该多好呀！”爱丽丝朝一棵随风起舞的鲜花道。

“我们会说话。”卷丹花回答，“有值得一谈的人来到时，我们就说话。”

爱丽丝惊呆了。眼看卷丹花还在风中翩翩起舞，她就几乎耳语般怯生生地问：“——所有的花儿都会说话吗？”

“跟你一样会，比你声音大得多。”卷丹花回答。

“要知道，我们先开口就没礼貌。”一株玫瑰道，“刚才我真想知道你会不会开口！我跟自己说：‘她的脸有点儿意思，虽然不够聪明！’话说回来，你颜色不错，会耐久。”

“我不在乎颜色。”卷丹花道，“要是她花瓣再往上卷一些，那就好看了。”

爱丽丝不乐意被人评头品足，就问：“你们被种在这地方，没人照料，有时候会不会害怕呀？”

“中间有树呢，它是干什么的?!”玫瑰回答。

“可危险来临，它能帮上什么忙?”爱丽丝问。

“它会叫。”玫瑰道。

“它会叫‘树——汪’!”一棵雏菊开口了，“这就是树枝为什么叫树枝的原因!”

“你倒有学问!”另一棵雏菊叫道。这时大家七嘴八舌嚷起来，空中充满尖叫声。“肃静！全体肃静!”卷丹花大喊，身子激动得左右摇摆，颤成一团，“它们知道我没法儿抓它们，”它把脑袋弯向爱丽丝，“不然就不敢这么乱吵!”

“没关系!”爱丽丝抚慰它，然后朝还打算再嚷嚷的一棵雏菊弯下腰去，小声说，“再不闭嘴，我就摘你了!”

霎时静下来，几棵粉红的雏菊脸都吓白了。

“这就对了！”卷丹花道，“雏菊最爱闹事，只要有一个开了口，其余的就跟着起哄。照它们那样闹法儿，真够让人凋谢啦！”

“你说话怎么这么好听？”爱丽丝夸赞卷丹花，想让它高兴起来，“我到过好多花园，可那些花都不会说话。”

“把手放到地上摸一摸就明白了。”卷丹花告诉她。

爱丽丝摸了摸，地很硬：“这跟你们会说话有什么关系？”

“多数花园里人们都把土弄得太松软——结果花都睡着了。”

听起来颇有道理。爱丽丝很高兴能明白这一点，就说：“从前怎么就没想到过！”

“依我看，你从前想都没想。”玫瑰嘴巴厉害。

“从没见过更笨的家伙！”一株紫罗兰突然开腔，爱丽丝吓一跳，因为它先头一直没吭声。

“闭上你的嘴！”卷丹花骂它，“好像你见过谁似的！你老把脑袋缩在叶子底下打呼噜，除了做花蕾时候的事，世上发生的事你还知道个啥！”

“除了我，花园里还有别人吗？”爱丽丝宁肯不睬玫瑰的挖苦。

“园子里有棵花跟你一样到处走，”玫瑰说，“真奇怪你怎么办得到……（“你老是好奇怪。”卷丹花说它。）不过它比你茂盛多啦。”

“样子也像我？”爱丽丝急切地问，因为她心中闪过一个念头，“莫非园子里还有另一个小姑娘？”

“嗯，它跟你样子一样笨！”玫瑰又不饶人，“不过颜色更红——花瓣也比你短小，依我看。”

“它的花瓣往上卷拢来，就像大丽菊，”卷丹花道，“不像你四下里散开。”

“不过这不是你的错，”玫瑰这回和善些，“你已开始褪色啦！这时候花瓣里显得不干净也没法子。”

爱丽丝不爱听了，就话锋一转：“她来过这儿吗？”

“我肯定你很快就会碰到它，”玫瑰道，“它就是那种戴九根尖刺的东西。”

“尖刺戴在哪儿？”

“当然在脑袋上啦。”玫瑰回答，“我正奇怪你脑袋上怎么没有，还以为这是条规律呢。”

“它来啦！飞燕草叫道，“我听到它脚步啦，咚，咚，沿卵石小路来的！”

爱丽丝忙四下张望，发现原来是红后：“她长大了不少！”红后比先头在炉灰里时大多了，那时她才 3 英寸高，可现在比爱丽丝高出半个头！

“是新鲜空气的作用。这儿的空气新鲜又美妙。”玫瑰自作聪明。

“还是过去见她一下，”爱丽丝想，“花儿虽有趣，但和真正的红后谈话更了不起。”

“你办不到. 我看你还是走另一条路吧！”玫瑰建议。

瞎说，爱丽丝不理它。立刻朝红后走去，但她大吃一惊，因为红后一下子不见了，而自己呢，正迈步踏进前门。

有点恼火，爱丽丝往后一退，到处寻找红后。终于发现她在好远的地方，于是她打算这回朝相反的方向走。

马到成功。刚走一会儿就与红后碰个对面，而且一直苦苦追寻的小山就在眼前。

“你从哪儿来？要到哪儿去？抬起头，好好说，别把指头摸来摸去。”红后吩咐。

爱丽丝照办，尽量清楚地解释说自己迷了路。

“‘迷路’什么意思？这儿所有的路都是我的——不过，你干吗闯到这儿来？”她和气一些后又说，“边想你的答复边行屈膝礼，这样节约时间。”

爱丽丝有点儿纳闷，不过她太敬畏红后，不能不信。“回家去就试试，下一回吃饭迟到的时候。”

“现在该回答了。”红后看看表，“说话时嘴巴再张大些，每次都得说声‘陛下’。”

“我只想看看花园什么样子，陛下……”

“好吧，”红后拍拍她的头，爱丽丝真讨厌别人拍她的头，“不过说到‘花园’，我见过不少花园，跟那些一比，这儿只能算野地。”

爱丽丝不敢跟她争论，就接着说：“我还想找到去那座小山顶上的路。”

“说到‘小山’，”红后打断她，“我可以带你去看山，跟那一比，这山只算得上峡谷。”

“不，我觉得不是。”爱丽丝暗自惊异，到底跟红后顶起嘴来了，“……小山不可能是峡谷，那是瞎说……”

红后摇摇头：“要是你乐意就管它叫‘瞎说’好啦，不过我听过瞎说，跟那一比，这话就跟字典一样有道理！”

爱丽丝又行个屈膝礼，听红后口气似乎有点儿不高兴。两人都不吭声，直走到山顶。

爱丽丝默默地朝四面八方俯瞰一回。真是个怪地方！几条小溪横贯其间，一道道绿篱又与小溪相接，把大地分割成一个个方块儿。

“我敢说这样子真像只大棋盘！”爱丽丝半天才开口，“应该有人在上面动才对——嘿，那不是吗？”她心儿激动得怦怦跳，“这不是在下一盘大棋吗！全世界一起下，要算得上全世界的话。哦，那多好玩！我要在他们中间该多好！当个卒子也行，只要能参加——当然，能做女王最好。”

说这话时她害羞地瞟了一眼红后，但同伴只是快乐地微笑：“那好办，只要你愿意就能。你就做红后的卒子吧，反正莉莉还太小。你开头应该待在第二格，等到了第八格就成女王了——”说到这儿，不知不觉两个人就开始跑了起来。

过后爱丽丝一直弄不清一切是怎么开的头，只记得两个人手拉手跑起来，红后跑得飞快，她只好拼命跟上，可红后还老是催：“快点儿！快点儿！”爱丽丝觉得没办法再快了，可又喘不过气来顶撞她。

最怪的是周围的树呀什么的都根本不变位置，不论跑多快，似乎也没经过任何地方，“不知是不是所有东西都跟我们一起动了？”爱丽丝犯糊涂。红后仿佛看穿了她的心思，叫道：“再快点儿！别说话！”

爱丽丝倒没想说话，也没法子说话，气都喘不过来。红后还是催，一个劲儿拖着她跑。“目的地快到了吗？”爱丽丝好歹喘出一句话来。

“目的地！十分钟前就跑过啦！快点儿！”两人只顾跑。风儿呼呼地吹在耳畔，头发都快给吹掉了吧？爱丽丝担心。

“加油！加油！快点儿！快点儿！”红后使劲催。她们跑得那么快，就像在风中飞行，简直脚不沾地。爱丽丝筋疲力尽，红后突然收住脚。爱丽丝顿时跌坐在地，喘成一团。

红后把她拉起来靠在一棵树上，和颜悦色地说：“现在你可以歇会儿了。”

爱丽丝吃惊地看看四周：“咦，怎么一直在这棵树底下？一切都跟方才一模一样！”

“当然一样，你还想要什么样？”红后反问。

“可是在我们国家，”爱丽丝还在喘气，“要像刚才那样飞跑一阵儿，就会走到另一个地方。”

“慢腾腾的国家！”红后道，“在我这儿，你瞧，得尽自己最大力气跑才能保持在原地。想去另一个地方就得比刚才快两倍！”

“那我可不想试，待在这儿挺好的，就是又热又渴！”

“我就知道你会！”红后好性情地说着，又从衣兜里掏出个小盒子来，“吃块饼干怎么样？”

爱丽丝觉得不要不礼貌，尽管心里一点儿也不想要。于是就拿了一块，尽量下咽，好干呀，一辈子还没这么被噎过。

“打起精神！我去量量地方。”红后从衣兜里掏出条缎带，上头做着标记，开始测量地面长度，隔一段距离插上一个小木桩。

“在两码的地方我就告诉你朝哪儿走……再来块饼干？”红后边插木桩边问。

“不，谢谢，一块足够！”

“不渴了吧？”

爱丽丝无言以对，幸亏红后没等她回答就说：“在三码的地方再插一个木桩，免得你忘了。在四码的地方我说再见，五码的地方我就走啦！”

这时红后已把所有桩子插好，爱丽丝饶有兴味地看着她回到树边，然后慢慢沿着一排桩子走下去。

两码的地方红后回头说：“卒子一步只能走两格，你知道的，所以过第三格时你必须快一点儿——坐火车经过，我想……然后你马上就到了第四格，那一格属于孪生兄弟兑德尔达姆与兑德尔迪……第五格是水……第六格属于蛋形人——你怎么不说话？”

“我……我不知道该说什么！”爱丽丝结结巴巴。

“你本该说，”红后厉声责备，“‘您这么教我太好啦！’得啦，就算你说过了……第七格是森林，不过会有位骑士给你指路……第八格你我会面，你也就成了女王，又有宴会又开心！”爱丽丝起身行个礼又坐下。走到下一个桩子，红后又回头，说：“要是用英文叫不上名字，你就说法文。走路时脚趾放开，好好记住你是谁！”这一回她不等爱丽丝行礼就飞快地走到下一个木桩，回头说声再见，又急忙朝最后一个柱子那儿奔。

到底怎么回事，爱丽丝一直弄不清，反正红后一到最后那个桩子就消失了，是消失在空气里还是飞奔进了树林（“她跑得才快!”爱丽丝想)，无法猜度，总之红后不见了。爱丽丝这才想起自己是个卒子，该出发了。

镜中昆虫

首先要做的当然是先把要去的地方好好观察一番。“跟学地理一样，”爱丽丝踮起脚尖想看得更远一点儿，“主要河流……一条没有；主要山脉……自己所在的是唯一的山，不过我看它没名字；主要城市……咦，下面那些造蜂蜜的东西是什么？不会是蜜蜂……蜜蜂不可能相距一英里远还看得见……”她凝望一阵儿，看着其中一只正在花丛中忙碌，还把长鼻子伸进花心，“动作和普通蜜蜂一样嘛。”她好奇怪。

然而，这绝不是蜜蜂，实在是头大象。爱丽丝不久就弄清楚了，大为诧异：“那花得有多大！”就像去掉屋顶的房子，再插上花茎，它们该造出多少蜂蜜啊！得下去看个明白……“不！现在还不能去。”正想跑下山她又站住了，为自己突如其来的胆怯找借口，“没一根长树枝赶开它们，就这么跑下去可不行！要是它们问我喜不喜欢这种走法，那多好玩，我就说：‘哦！挺喜欢……’（说着，她又把头一扬。）就是太热，尘土飞扬，大象们真爱开玩笑！”

“恐怕得走另一条道，”她想想又说，“也许待会儿再去看大象，到第二格去最重要！”

于是她一溜烟跑下小山，跳过头一组六道小溪。

“请把票拿出来！”卫兵把头从窗户里伸出来说，一时间人人手里都举起了票，这些东西和人的大小差不多，挤满车厢。

“快点儿！小孩，票拿出来看看！”卫兵气势汹汹地瞪着爱丽丝。好多声音一齐嚷（“合唱似的。”爱丽丝想）：“小孩，别让人家等啦，人家时间宝贵，一分钟可值一千镑哪！”

“恐怕我没票，”爱丽丝吓慌了，“我来的地方也没看见票房！”又是一片乱嚷：“她来的那里没地方啦，那儿的土地一英寸值一千镑哪！”

“别耍花招，”卫兵道，“你应该从火车司机那儿买一张。”众人立刻又叫：“火车司机光喷一次烟就值一千镑哪！”

爱丽丝想这样下去跟他们说什么也没用，就干脆不吭声。她不吭声，别人也不吭声。奇怪的是，他们全都一齐思想（但愿你明白一齐思想是什么意思……因为我承认我不懂）：“不说话还好些，语言一个字就值一千镑哪！”

“今晚做梦都要梦见一千镑了，肯定！”爱丽丝暗自嘀咕。

卫兵一直盯着她，先透过望远镜，又透过显微镜，最后透过看戏用的望远镜，看了半天憋出一句话：“你坐反了车。”关上窗户走了。

“这么小的孩子，”对面那位绅士道（他穿的是白纸做的衣裳），“应该知道自己要去哪个方向，就算连自己的名字都不知道！”

一只山羊坐在绅士旁边，闭着眼睛大叫：“她该知道去票房的路，就算她连字母表也不懂！”

一只甲虫坐在山羊旁边（车厢里全是稀奇古怪的乘客，而且似乎有条规矩，他们都一个接一个地讲话），接上山羊的话茬：“她该和行李一道从这儿回去！”

爱丽丝看不到甲虫后面坐的是谁，但一个粗哑的喉咙开腔了：

"换车头……"话没说完就哽住了嗓子，只好停下。

"听起来像匹马①"爱丽丝想。这时一个极小的声音凑近她的耳朵说："你可以开个玩笑——关于那一个'马'和'嘶哑'。"

这时远处一个温存的声音道："应该给她贴上标签：'幼女，小心轻放。'"

然后，另一个声音说（"车厢里人真不少呀！"爱丽丝想）："她该作为邮件送回去，因为她有头……""她该用电报发回去。""'她余下的路该去拉车厢。"等等。

但白衣绅士凑向前对着她的耳朵说："别介意他们的话，孩子，不过每次停车时去买张回程票就行了。"

"我才不呢！"爱丽丝不耐烦，"我根本就不属于这趟火车旅行——刚刚还在林子里——真希望回到那儿去！""你可以开个玩笑。"耳旁的小声音又说，"关于那个'要是能做，我就愿意做'。"

"别烦我！"爱丽丝四下打量想弄清这小声音打哪儿来的，可是白搭，"要是你这么喜欢开玩笑，干吗不自己开？"

小声音长叹一声，显然很不快活。爱丽丝倒想说句什么安慰它一下，要是它叹气能和别人一样大就好了。它的叹息又小又好听，不过要不是凑近她耳朵的话，根本听不见。结果耳朵痒得要命，使她都忘记了这小东西的不快乐。

"我知道你是个朋友，"小声音接着说，"亲爱的朋友，老朋友。你不会伤害我，尽管我是只小小的昆虫。"

"什么昆虫？"爱丽丝有些担心，其实她想知道这昆虫咬不咬人，可又觉得直来直去不够礼貌。

"什么？这么说你不……"小声音的话刚开头就给车头凄厉的笛声淹没，大家全都慌张地跳起来，尤其是爱丽丝。

---

① 英文horse（马）与hoarse（嘶哑）同音。

她把头伸出去看了看，悄悄缩回来说："只是跳过了一条小溪罢了。"众人似乎松了口气，不过爱丽丝一想到火车跳起来就害怕："管他呢，只要能把我们带到第四格就行！"她安慰自己。不一会儿她感到车厢笔直向上飞到空中，吓得一把抓住手边最近的东西，结果抓住的却是山羊的胡子。

可是刚一碰它，胡子就消失了，她发现自己安安静静地坐在一棵树底下。而一只蚊子（就是一直在跟她说话的小昆虫）正立在头顶的树枝上，用翅膀扇着她。

"这当然是只大蚊子，快和小鸡一样大了。"爱丽丝以为。不过她并不怕它，因为和它已聊了这么久。

"这么说你并不喜欢所有的昆虫？"蚊子若无其事地问。

"喜欢会说话的。我来的地方没一只昆虫会说话。"

"你来的地方什么昆虫最不让你开心？"蚊子问。

"昆虫根本不让人开心，"爱丽丝说，"因为我挺怕它们，至少怕大个头的。不过我可以告诉你一些昆虫的名字。"

"这么说，叫它们名字它们就会答应？"蚊子随便地问。

"没听说它们会答应？"

"那要名字有什么用？"

"对它们没用，但对给它们起名字的人有用呀。要是没用的话，那一切东西要名字干吗？"

"说不上。再远些，那下面的林子里人家就没名字。不过，还是说说你那些昆虫的名字吧，你在浪费时间啦。"

爱丽丝数起指头来："有马虻。"

"不错！离那树丛一半路的地方，有只摇摆马虻，全是用木头做的，会从一根树枝摇到另一根树枝上去。"蚊子道。

"它吃什么？"爱丽丝立刻感兴趣。

"树液和锯末。接着讲。"

爱丽丝很好奇地看着摇摆马虻，认定它刚刷过漆，样子鲜亮亮黏糊糊的。她接着讲：“还有蜻蜓。”

“看看你头顶的树枝，就会发现一只蜻蜓，它身子是用李子布丁做的，翅膀是用冬青树叶做的，头是用葡萄干做的。”

“那它吃什么？”爱丽丝仍旧注意吃的问题。

“牛奶麦糊和碎肉馅饼。它住在盒子里。”

“还有蝴蝶。”爱丽丝接着数。先看了看那只脑袋着火的昆虫，心想：“怪不得昆虫都喜欢往烛火上扑——因为它们想抢葡萄干吃。”

“你脚底下爬着的！”蚊子道，爱丽丝一听忙把脚缩回来，“就是一只奶油面包蝴蝶，它翅膀是用薄薄的黄油面包做的，身子是由面包皮做的，脑袋就是一块方糖。”

“那它吃什么？”

“淡菜加奶油。”

爱丽丝犯难了：“要是它找不到吃的怎么办？”

“那它就得死。”

“可这种事会经常发生吧？”爱丽丝边想边说。

“天天发生。”

爱丽丝沉默了几分钟，苦苦地想。蚊子则在她头顶嗡嗡地盘旋取乐。最后它停下来说：“你大概不想失去自己的名字吧。”

“当然不想！”爱丽丝有点儿发急。

“不过我说不准，”蚊子漫不经心，“想想看，若是不要名字，回到家该多方便！比方说，家庭教师叫你做功课，她会叫‘过来——’到这儿就得停下，因为没名字可让她叫，你也就当然不用做功课了。”

“那可不行。家庭教师才不会为这个饶了我的功课，要是她不记得我名字，就会和仆人一样叫我一声‘小姐’。”

“要是她光说‘小姐’，你当然也可以逃学的。开个玩笑吧，但愿这玩笑由你来开。”

“为什么但愿由我来开？这玩笑根本不好笑。”

然而，蚊子只是长叹一声，两颗巨大的泪珠从脸上滚下来。

“要是开玩笑使你这么伤心，就不该开玩笑。”爱丽丝劝它。

又是两声忧伤的叹息，这回可怜的蚊子把自己给叹没了。爱丽丝一抬头，树上什么也不见。坐得太久，有些凉意，她就起身往前走。

很快就来到一片开阔的原野。原野另一头是一片树林，比刚才的树林阴森些，爱丽丝有些发怵。不过想一想之后，又决心往前走："当然不能走回头路。”因为这是通向第八格唯一的路。

“这一定是那什么东西都没名字的树林了。不知进去之后我的名字会怎样？我可不想丢了名字。因为这样的话，大人只好再给我起个名字，肯定会是个丑名字。不过好玩的是大家会去找那个用我老名字的人，跟登广告一样，人们丢了狗的时候总是这么登——“会答应‘快腿’，颈子上有只铜箍”……想想看，朝见到的任何人都叫‘爱丽丝’，直到其中一个答应为止！不过，人家才不会答应呢，要是机灵的话。”

她一面胡思乱想，一面来到林子跟前："好阴凉呀！好歹也算个安慰。”她走到树下，“这么热，钻进，钻进，钻进什么？”她奇怪地发现自己想不起那个字眼儿，“我想说来到……来到……这下面！”她手往一株树干上一撑，“它管自己叫什么，不知道？我相信它没名字……肯定没有！”

她想来想去，突然又说："这么说真有这种事！现在问题是我是谁？会记得的，要是记得住的话！必须想起来！”可是必须也没用，想啊想啊，只说出一句："L！是字母L开头的词！”

这时一只小鹿从身旁走过，温柔的大眼睛看看爱丽丝，一点儿不害怕。“过来！过来！”她伸手想摸它一下，可小鹿惊得后退一步，又站住脚。

“你管自己叫什么?”小鹿终于问，声音多甜美多柔和!

“要是知道就好啦!”可怜的爱丽丝伤感地回答，“眼下什么也不叫。”

“再想想，不然不行。”

爱丽丝又动动脑筋，还是想不起来。“请你告诉我你叫什么好吗?我想这也许能对我有帮助。”她怯生生地说。

“你要是往前走一些，我就告诉你，在这里我记不起来。”

她们就一起走，穿过林子。爱丽丝亲热地搂着小鹿柔软的脖颈，来到另一片开阔的原野。忽然，小鹿猛地朝空中一跃，挣脱爱丽丝的搂抱，“我叫小鹿!”它高兴地大叫，“而且，天哪!你是人类的孩子!”它的褐色大眼睛闪过一丝惊慌，立刻撒腿跑了。

看着它远去的背影，突然失去亲爱的小旅伴，爱丽丝难过地哭了。“不过，现在我知道自己的名字啦，还好。爱丽丝!爱丽丝!再也不会忘了。好啦，该顺哪面指路牌往前走呢?”

问题不难，因为穿过林子的只有一条道，两面指路牌指的都是这条道。“到时候再拿主意，等路有分岔，路牌方向不同时再说。”

不过并没发生这种情况。她走啊走啊，走了好久，可不论走到哪个岔路口，都有两面路牌指着同一条路，一面写着“至兑德尔达姆家”，另一面写着“至兑德尔迪家”。

“他俩肯定住在同一座房子里!先头怎么就没想到?不过在那儿不能待久了，就打个招呼，说声‘你好’，再打听一下出林子的路就行。

天黑之前能到达第八格多好!”她走啊走啊，边走边跟自己说话，直到突然一个急转弯，迎面撞到两个胖子小矮人。猛然相撞，她吓得直往后退，不过霎时就镇定下来，对眼前的人是谁完全有把握。

孪生兄弟

两个矮胖子正站在一棵树下，一人伸出一条胳膊互相搂着脖颈。爱丽丝一眼就明白谁是谁，因为一个衣领上绣着“达姆”，另一个绣着“迪”。爱丽丝寻思：“没准儿各人的后衣领上还绣着‘兑德尔’呢。”

两兄弟纹丝不动，爱丽丝几乎忘了他们是活人，正想绕到后头去看看他们衣领上是否绣着“兑德尔”，那个叫达姆的开口了，把她吓一跳。

达姆说：“要是你以为我们是蜡像，你就得付钱，因为蜡像不能白给人看，绝不能！”

“恰恰相反！”那个叫迪的说，“要是你以为我们是活人，就应该跟我们打个招呼。”

“真的很抱歉。”爱丽丝只说了一句，因为一首古老的歌曲就像时钟在脑海敲响，她不由大声背诵道：

兑德尔达姆与兑德尔迪
两人说好打一架

因为兑德尔达姆怪兑德尔迪
弄坏了他漂亮的新拨浪鼓
这时候飞下来一只乌鸦
浑身漆黑就像沥青桶
把两个英雄吓一跳
结果把争吵全忘掉

“我知道你在想什么，”兑德尔达姆道，“可事情并不是这样，绝不是！”

“恰恰相反，”兑德尔迪道，“事情如果是这样，就可能是这样，而且如果是这样，就会是这样，但是因为不是这样，所以就不是这样，这就叫逻辑。”

“我刚才在想哪条路出林子最好，天快黑了，请你们告诉我，好吗？”爱丽丝很讲礼貌。可两个矮胖子只是面面相觑，傻乎乎地笑。

真像一对大个头的小学生，爱丽丝忍不住指着兑德尔达姆道：“你是老大！”

“绝不是！”兑德尔达姆很干脆，吧嗒一下又闭上嘴。

“你是老二！”爱丽丝又指指兑德尔迪，虽然心中有数他又会大叫一声：“恰恰相反！”他果真如此。

“你开错了头！”兑德尔达姆道，“拜访生人头一句该说‘你好’，再握握手。”说着两兄弟相互拥抱，又各自伸出空着的一只手跟她握手。

爱丽丝不愿和他们当中任何一个先握手，怕伤害另一个的感情，所以解决难题的最好办法就是同时握住他们两人的手。接着他们就跳起圆圈舞来，一切似乎顺理成章（她过后还记得），听到音乐伴奏她也没感到意外，乐声好像来自头顶的大树，是树枝相互摩擦（她是这么猜的）发出的声音，好比提琴和琴弓相互摩擦一样。

“真滑稽透了，发现自己在唱着《绕桑树转圆圈》都不知何时开的头，只觉得仿佛已把这支歌唱了好久好久。”（爱丽丝后来对姐姐讲到这些。）

两兄弟太胖，很快就上气不接下气：“一场舞转四圈就够了。”兑德尔达姆呼哧呼哧地说，两人突然就停下不跳，音乐也立刻停了下来。

接着他们松开爱丽丝的手，呆呆地把她端详，让人很不自在。爱丽丝不知和舞伴谈话该如何开头。“现在再说‘你好’绝不合适，”她嘀咕着，“好像大家已超过那个程度！”

“但愿你们没累坏吧？”她终于挤出一句。

“绝没有！非常感谢你的关心。”兑德尔达姆回答。

“非常感谢！”兑德尔迪接上来，“喜欢诗歌吗？”

“是……的，挺喜欢……有的诗，”爱丽丝迟疑地回答，“请告诉我哪条路可以出林子？”

“我给她背哪首呢？”兑德尔迪回头看看哥哥，大眼睛郑重其事，根本不理睬爱丽丝的问题。

“《海象与木匠》是最长的一首。”兑德尔达姆边说边钟爱地搂一下弟弟。

兑德尔迪立即开始背：

太阳照耀……

爱丽丝硬着头皮打断他：“要是这诗很长，”她尽量礼貌些，“请你先告诉我哪条路……”

兑德尔迪温和地笑笑，只管接着背：

太阳照耀大海，

光辉灿烂，
发出全部热量，
使波涛平滑明亮——
可是奇怪，因为此刻
正是更深夜半。
月亮闷闷不乐，
因为觉得太阳
这时露面岂有此理，
白昼已经过去——
“真粗鲁，”她说，
“闯出来坏我的事！”
大海湿了又湿，
沙滩干了又干，
看不见云彩，因为
天空万里无云，
头上没有小鸟飞过，
因为小鸟根本不飞。

海象与木匠
在附近散步，
两人哭哭啼啼，
因为看到这么多沙子：
“要是把它们扫干净
那该多好！”
“要是七位姑娘用七支拖把
扫上整整半个年头，
你觉得，”海象问，

“她们能否把沙子弄干净？”
“我看靠不住。”木匠回答，
又淌下伤心的泪水。

“哦，牡蛎们，来和我们一起走走！”
海象发出恳求，
“海滩散步，海滩散步，
好开心！好开心！
我们只要四个人，
好互相帮助。”
老牡蛎看看他，
可是一言不发。
老牡蛎眨眨眼，
摇摇沉重的脑袋瓜——
意思是它不愿意，
离开牡蛎的家。

可四只小牡蛎急急忙忙，
都想把开心的滋味尝尝。
衣服刷干净，脸蛋洗清爽，
鞋子擦得明又亮——
可是好奇怪，因为要知道
牡蛎没有脚。

另外四只牡蛎跟上来，
后头还跟着四只，
浩浩荡荡都来啦，

越来越多，越来越多——
人人跳出波浪的泡沫，
争先恐后爬上岸。
海象与木匠，
走了一英里。
坐在岩石上，
好好歇口气。
全体小牡蛎，
等待一排排。
“时刻到啦，”海象开了口，
“聊聊天下事。
鞋呀，船呀，封蜡呀，
卷心菜呀，国王呀，
还有大海为何滚滚烫，
猪们是否长翅膀？”
“可是请等等，”牡蛎们齐声喊，
“待会儿再聊天，
因为有些人气还上不来，
我们全都太胖啦！”
“不着急。”木匠说.
大家对他很感激。
“一条面包，”海象道，
“是我们最大需要。
加上醋与胡椒，
味道实在棒——
亲爱的小牡蛎，要是准备好，
咱们就开吃。”

"可是不能吃我们!"牡蛎哇哇叫,
众人好气愤,
"开头倒客气,
如今好沮丧!"
"夜色多美好,"海象道,
"难道不欣赏?"
木匠别的不说只顾叫:
"再给咱们切一块,
但愿你们别装聋——
我已请了你们两次!"
"真不害臊,"海象道,
"这样捉弄人家。
既已把人家带出来这么远,
又害人家跑这么快!"
木匠别的不说只顾叫:
"黄油抹得太厚啦!"
"我为你们哭泣,"海象道,
"我深表同情。"
边抽泣边流泪,它动手挑选
个头长得最大的那些,
还把手绢举得高高,
装作要擦成串的眼泪。
"哦,小牡蛎们,"木匠道,
"你们跑得挺痛快!
咱们再一起回家好不好?"
可是无人回答——

因为并不奇怪，

牡蛎已被他们吃光啦。

“我最喜欢海象，”爱丽丝说，“因为它对可怜的牡蛎们还有点儿同情心。”

“恰恰相反，它比木匠还吃得更多，”兑德尔迪不同意，“你瞧它把手绢举到眼前，好不让木匠数它挑了多少。”

“太可耻了！”爱丽丝义愤填膺，“那我就更喜欢木匠——要是他吃的没海象多的话。”

“可是他也放开肚子吃了呀！”兑德尔达姆反对。

这可不好办了。爱丽丝想想就说：“得啦！他俩都不是好人！”她猛地住口，有些害怕，因为听到附近林中似乎有火车头喷气的声音，又觉得这更像一只野兽。

“附近不会有狮子吧？”她紧张地问。

“不过是红王在打呼噜。”兑德尔迪道。

“来吧，去看看他！”两兄弟一人拉住爱丽丝一只手带她去红王睡觉的地方。

“他样子难道不可爱吗？”兑德尔达姆问。

爱丽丝说实在的不愿恭维。红王头戴一顶红色高顶睡帽，还挂着串流苏。身体乱七八糟地堆作一堆，还鼾声如雷……

“鼾声都能把他脑袋震掉！”兑德尔达姆发表评论。

“躺在湿漉漉的草地上只怕会感冒。”爱丽丝是个周到细心的小姑娘。

“他正做梦哪，”兑德尔迪道，“你想他梦见的是什么？”

爱丽丝道：“这谁猜得到。”

“这还不知道，梦的就是你啊！”兑德尔迪叫道，一面得意地拍巴掌，

“要是他停止梦你，你以为自己会在什么地方？”

“当然在现在的地方啦。”

“不可能！”兑德尔迪神气十足地反驳，“你就哪儿也不在啦，这还不知道，你不过是他梦中的一件东西罢了！”

“要是国王醒来，”兑德尔达姆接口说，“你就会消失……像蜡烛一样！”

“才不会哪！”爱丽丝很气愤，“再说，我要只是他梦中的一件东西，那你们是什么？讲来听听！”

“一回事。”兑德尔达姆道。

“一回事！一回事！”兑德尔迪也道。

他声音太响，爱丽丝不由阻止道：“嘘！会吵醒他的，要是你再大声嚷嚷。”

“哼，你说吵，”兑德尔达姆道，“因为你不过是他梦中的一件东西。你自己很清楚你根本不是真人！”

“就是真人！”爱丽丝哭了。

“哭也不能使你变得更真，”兑德尔迪道，“根本没什么好哭的。”

“我要不是真人，”爱丽丝又哭又笑，“我就不会哭呀！”

“但愿你不会以为这是真眼泪吧？”兑德尔达姆非常不屑地说。

“他们净胡说八道，”爱丽丝安慰自己，“为这哭太蠢了。”她就擦干眼泪，又快快活活地说，“不管怎么样，我还是走出林子好些，天真快黑了。你们觉得会不会下雨呀？”

兑德尔达姆撑开一把大伞罩住自己和弟弟，又抬头看看：“不！我看不会。至少，这底下不会，绝不会！”

“可伞外面会下呀？”

“可能！要是老天愿意，我们不反对。恰恰相反！”兑德尔迪道。

“自私自利！”爱丽丝愤愤不平，正要跟他们道再见动身走，兑德尔达姆从伞下跳出来，抓住她手腕。

“看见那个没有？”他激动得声音哽咽，眼珠顷刻变得又大又黄，发抖的手指向树下躺着的一个白色的小东西。

“不过是拨浪鼓罢了，”爱丽丝细细打量后道，“又不是响尾蛇。”想想又添一句，“不过是个旧拨浪鼓，又旧又破。”

“我早知道！”兑德尔达姆一面乱跺脚，一面揪自己头发，“给他弄坏了，当然是！”说着对弟弟怒目而视。兑德尔迪马上一屁股坐到地下，想躲进伞里去。

爱丽丝安慰兑德尔达姆：“用不着为一个旧拨浪鼓发脾气。”

“可它并不旧！”兑德尔达姆火气更大了，“是新的！告诉你我昨天才买的。我的漂亮的新拨浪鼓哇！”他尖叫起来。

兑德尔迪呢，一直在千方百计把伞收起来，将自己藏在里面。这么做可少见，爱丽丝转而不再注意怒气冲冲的哥哥。可弟弟没把自己藏好反倒在里头滚翻在地，只有脑袋还伸在外面。他躺在那儿眼睛嘴巴一张一合。“比什么都更像鱼。”爱丽丝想。

“你当然同意打一架啦？”兑德尔达姆心平气和些了。

“差不多，”另一个愤怒地回答，一面从伞底爬出来，“不过她得帮咱们披挂起来。”

于是两兄弟手拉手进了林子，一会儿工夫就抱着好多东西回来……长枕呀，毯子呀，壁炉前毯呀，台布呀，盘盖呀，煤斗呀等等。“你别针打结是把好手吧？”哥哥问爱丽丝，“所有这些东西都得想法子给我们披挂到身上。”

爱丽丝后来说，她从没见过有谁这么小题大做的。两兄弟好一阵手忙脚乱，把那么多东西穿到身上，还给爱丽丝添好多麻烦，又扎绳子又扣纽扣，手忙脚乱……“等他们准备好，就活像两大堆破烂了。”爱丽丝暗想。又帮兑德尔迪在脖子上挂一个长枕头。“免得把脑袋给砍掉。”他自己讲。

爱丽丝大笑起来，连忙又转为一声咳嗽，怕伤害他的自尊心。

“我脸色苍白吗？”哥哥走过来请爱丽丝帮忙戴头盔（他管那东西叫头盔，其实样子像只平底锅）。

“嗯，像，有点儿像。”爱丽丝和和气气。

“我很勇敢，”哥哥小声道，“不过今天不巧有些头疼。”

“我还牙疼呢！”弟弟一听就说，“比你疼得厉害些！”

“那你们今天最好别打了。”爱丽丝抓住机会劝和。

“必须打一架，不过我不想打太久。几点啦？”哥哥问。

弟弟看看表：“四点半。”

“那就打到六点，然后吃晚饭。”哥哥道。

“好吧！”另一位悲哀地说，“她可以看咱们打——不过最好别离得太近，我一般见什么打什么——每逢斗志旺盛的时候。”

“我是够得着什么打什么，”哥哥声明，“不管看得见看不见。”

爱丽丝笑了：“那你们一定常常打到树上。”

哥哥打量一番四周满意地笑笑：“等我们打完，只怕四周没一棵树还能站着了。”

“可你们就为了一只小拨浪鼓！”爱丽丝讥讽道，希望他们会为一件区区小事大打出手而感到羞耻。

“我本来不介意的，要不是因为它是新的话。”

“但愿可怕的乌鸦快点来到。”爱丽丝想。

“只有一把剑，”哥哥对弟弟道，“不过，你可以用那把伞做武器。它够尖了。咱们得快点儿动手，天黑下来了。”

“越来越黑。”弟弟应道。

天突然黑下来，爱丽丝想一定是暴风雨要来了：“瞧那块乌云多厚！来得多快！哎呀！我相信它一定长着翅膀！”

“是乌鸦！”哥哥吓得尖叫。两兄弟撒腿就跑，眨眼工夫逃得无影无踪。

爱丽丝朝林子里跑进去些，躲在一株大树下，“这地方它碰不到我，它太长了，不可能挤到这些树里来。但愿它别使那么大劲拍翅膀……林子里都刮起大风了。瞧！这是谁的披肩给刮跑了！”

羊毛与水

她说着就一把抓住了这块披肩，四下看看谁是它的主人。不一会儿，白后狂乱地从林中跑了出来，两条手臂伸展就像飞一样。爱丽丝便礼貌地拿着披肩迎上去。

“很荣幸挡您的路！”爱丽丝帮白后戴上披肩。

白后惊魂未定，只呆看着爱丽丝，好像在自言自语：“面包加黄油，面包加黄油。”爱丽丝觉得要和她交谈只有自己采取主动，就小心翼翼地说：“我这是跟白后谈话吧？”

“不错，要是你管这叫谈话的话。”白后道，“依我看，这根本不是那么回事。”

爱丽丝心想才开头就争吵可不行，就笑着说：“陛下只要能教我该怎么开头，我就尽量照您吩咐的做。”

“可我根本不想谈什么话！”可怜的白后哼哼唧唧，“过去两小时以来，我一直在跟自己说话。”

爱丽丝觉得白后要是请别人帮她打扮，肯定效果会好得多。她现在模样真是邋里邋遢，衣裳全都皱巴巴地，还一身的别针！她想着就大声说道：“可以帮您把披肩戴好吗？”

“不知怎么搞的，”白后挺伤心，“大概它闹脾气了，我这儿也加上别针，那儿也加上别针，可它就是不听话！”

“您要是只给一边儿加别针当然戴不平整。”爱丽丝小心地帮白后弄好披肩，“哦，天，您的头发也乱了！”

“刷子缠在里头啦！”白后叹口气，“昨天又把梳子给丢了。”

爱丽丝小心地取下刷子，尽力帮白后理好头发：“瞧！您现在好看多啦！您真该有个贴身女仆伺候！”

“我很高兴雇你来干，每星期给你两便士，隔一天一次果酱。”

爱丽丝乐了：“我可不想您雇我，而且也不喜欢吃果酱。”

“那可是顶好的果酱。”白后道。

“可我今天不想吃，一点儿也不想！”

“等你想吃可就吃不着啦。规矩是明天吃果酱，昨天吃果酱，但今天永远没果酱。”

“可总有一天该轮到‘今天吃果酱’。”爱丽丝不同意。

“不，不行！因为隔一天一次果酱，今天不是隔一天。”

“真搞不懂，让人好糊涂！”

“这就是朝后过日子的结果，”白后和气地解释，“开头总有点儿让人头昏脑涨。”

“朝后过日子？”爱丽丝震惊不已，“从没听说过这种事！”

“可这样有好处，因为记性可以两头起作用。”

“我的记性肯定只能一头起作用，”爱丽丝指出，“事情没发生之前就不可能记得。”

“只记得脑后面的事，这种记性太糟糕。”白后道。

“那你最记得什么事？”爱丽丝大胆地问。

“哦，下个星期发生的事记得最清，”白后无所谓地回答，“比方说，现在，”她往指头上贴一大块橡皮膏，“有一名国王的信使给关进监狱，受到惩罚。可下星期三才开始审判，而罪行呢，当然要等到最后才犯。”

“要是他从不犯罪呢?”爱丽丝大为困惑。

“那就更好了，不是吗?”白后说着用一节缎带把橡皮膏再绑到指头上。

爱丽丝无法驳斥:“当然更好啦，可他无罪受罚一点儿也不公道。”

“这你就错了。你受过惩罚吗?”白后问。

“闯祸时受过罚。”

“惩罚使你变得更好，我知道!”白后得意地说。

“没错。可我受罚是因为做了错事，区别就在这里。”

“可你要是不做错事不是更好，更好，更好，更好吗?!”随着每一个“更好”，她嗓门越提越高，最后变成吱吱的尖叫。

爱丽丝刚开始说:“你这话有错——”白后突然尖叫起来，声音大得使她没法子讲下去，“哎哟!哎哟!哎哟!”白后把手直甩，好像打算甩掉它似的，“我指头流血啦!哎哟哟!”

她的尖叫活像蒸汽车头刺耳的汽笛，爱丽丝只好用双手捂住耳朵。

“怎么回事?”一等有机会让白后听见，她忙问，“您扎了手指头吧?”

“还没扎呢，但很快要扎了。哎哟哟!”

“您打算什么时候扎?”爱丽丝只想笑。

“等再系披肩的时候，”可怜的白后呻吟着，“胸针立刻就会松开，哎哟哟!”说着胸针就飞开了，白后猛地一把抓住它，想给它再扣上。

“当心!”爱丽丝叫道，“您没拿好!”她边说边帮忙，可是迟了，别针滑开，白后给扎了手指头。

“这就是流血的原因，你瞧!”她微笑着对爱丽丝道，“现在该明

猪与胡椒

爱丽丝呆呆地把小房子打量半天，不知怎么办才好。忽然一个穿制服的仆人跑出林子（他穿仆人制服，所以她叫他仆人，若只看脸，该管他叫鱼才是）——这人使劲地敲着小房子的门，另一个仆人打开门。这个仆人圆圆的脸膛，大大的眼睛，活像只青蛙。两名仆人都是满头鬈发，还扑了粉。爱丽丝想知道是怎么回事，就轻手轻脚，溜出林子听一听。

鱼脸仆人从胳膊下面拿出一封信，大得跟他差不多，把信交给蛙脸仆人，郑重地说："致公爵夫人，王后邀请她打槌球。"蛙脸仆人以同样的口气重复一遍，只把词序颠倒一点："王后的邀请，请公爵夫人打槌球。"然后二人相互深深鞠躬，两个人的鬈发也缠到了一块儿。

爱丽丝看到这儿乐得大笑，忙跑进树林。再往外看，鱼脸仆人不见了，蛙脸仆人独自坐在门边地上，傻乎乎地瞪着天空。

爱丽丝怯生生地走到门口，敲敲门。

"敲门没用，"仆人说，"原因有二：一、我跟你在门的同一侧；二、里头闹极了，敲也听不见。"不错，里头的确闹哄哄的——号叫声，打喷嚏声，还间隔着很响的哗啦声，好像盘子还是茶壶被摔成了碎片。

“那请你告诉我，怎么才能进去？”爱丽丝打听。

“敲门也可能有用，”仆人不理会她，只顾自己说，“要是咱们各在门两侧的话。比方说，你在里头的话，可以敲一敲，我就放你出来，明白吗？”

他说话时一直两眼朝天，爱丽丝觉得这太不礼貌，就安慰自己：“也许他只能这样，他眼睛都长到头顶上了，没办法。可他也许还能回答问题——我怎么才能进去？”这一次她大声问。

蛙脸仆人说：“我将坐在这儿，直到明天……”

这时门开了，一只大盘子飞了出来，正对着仆人的脑袋，掠过他鼻尖，撞在他身后的树上碎了。

“……或后天，也许。”仆人若无其事地说完。

“我怎么才能进去？”爱丽丝再大声点儿。

“你要不要进去，这才是第一个问题。”仆人道。

那还用说！爱丽丝不想被人教训，就对自己说：“真烦！所有的动物都这么好争论，真要把人气死了！”

仆人似乎觉得这是重复自己的好机会：“我将坐在这儿，时断时续，一天又一天。”

“可我做什么呢？”

“随你便！”仆人吹起口哨来。

“唉，跟这号人说也没用，真是大白痴！”爱丽丝不管三七二十一，推开门走了进去。

门通向一间大厨房，满屋子烟雾腾腾。公爵夫人坐在中间的一只三脚凳上，在照看一个小宝宝。厨师靠在炉火边搅着一口大锅，里头好像是满满一锅汤。

“准是搁多了胡椒！”爱丽丝说着打了一个大喷嚏。

空气中充满胡椒味儿，连公爵夫人也时不时打喷嚏。至于那小宝宝，他打个喷嚏就号一阵儿。厨房里只有两个没打喷嚏，一个是厨师，另一个是只大猫，猫正躺在壁炉顶上，满脸堆笑。

“请告诉我！”爱丽丝有些害怕，因为不知道自己先开口是否礼貌，“您的猫干吗笑成那样？”

公爵夫人回答：“是只柴郡猫，就为这个。猪！”

最后一个字说得那么响，爱丽丝吓得跳起来，不过她马上就明白这是对那个小宝宝讲的，就鼓起勇气接着说：“以前我不知道柴郡猫老是笑，实话说，我都不知道猫还能笑。”

“都能，而且大多数猫真笑。”公爵夫人答道。

“可我连一只会笑的猫都不认识。”爱丽丝很礼貌，为能与公爵夫人搭上话挺开心。

“你懂的事情太少啦，事实如此。”公爵夫人怪不客气。

这话爱丽丝可不爱听，觉得换个别的话题也许好些。正琢磨说什么才好，厨师把汤锅从火上端下来了，并立刻动手把能抓到的所有东西都朝公爵夫人和小宝宝扔了过来——先飞过来一把火钳，接下来是碟子、小盘子、大盘子，阵雨般劈头盖脸。公爵夫人却不理会，甚至给打中了也一动不动。小宝宝已经号了半天，就很难说这些东西击中它没有。

“哦，请留神您干的事儿！”爱丽丝吓得跳来跳去，“哦，打中他的宝贝鼻子啦！”一只特别大的煎锅从小宝宝面前飞过，险些把他给打飞了。“要是各人都留神自己的事儿，”公爵夫人嘶哑地叫喊，“地球都会转得快点儿啦！”

“那可没啥好处。”爱丽丝很高兴能有机会显示显示自己的学问，“想想看，那白天黑夜就乱套了！要知道，地球绕轴心旋转一周要二十四小时呢……”

"说到斧头,①"公爵夫人道,"砍掉她的脑袋!"

爱丽丝有些担心地瞧瞧厨师，看她明不明白这话的意思，可厨师只顾搅汤，就像没听见。于是她接着说："是二十四小时，想想，还是十二小时呢？我……"

"别烦我啦!"公爵夫人打断她，"我最受不了数字!"然后接着哄小宝宝，还哼起了一支催眠曲，唱一行就给孩子猛地一颠：

对你的宝宝恶狠狠，
揍他，要是他打喷嚏。
他这么做就为气气你，
因为他这样好开心。
(合唱，厨师和小宝宝都加入进来——)
哇！哇！哇！

公爵夫人唱到第二段时，把孩子用劲地抛上抛下，可怜的小东西没命地号，爱丽丝几乎听不清歌词了：

我对孩子恶狠狠，
他打喷嚏我就揍。
因为他成天好开心，
大喝他的胡椒汤。
(合唱)
哇！哇！哇！

"给，要是你喜欢，就哄他一会儿吧!"公爵夫人边说边把宝宝

① 英文axis（轴心）与axes（斧头）同音。

朝爱丽丝一抛，“我得收拾收拾，陪王后打槌球去。”她匆匆忙忙走了。厨师朝她后背扔去一只煎锅，不过差一点儿没打中。

爱丽丝好不容易才抱住小宝宝，他长得奇形怪状，小胳膊小腿伸向四面八方，“真像只海星呀！”小东西喷着鼻子跟蒸汽火车头一样，而且不停地乱踢乱扭，爱丽丝用尽气力才能抱住他。

等摸清哄这孩子的正确方法（就是将他扭成一团，抓紧他的右耳和左脚，免得他乱动一气），就把他抱了出去。“要是不把这孩子带走，他们一两天内准会弄死他。把他扔下不管不等于犯杀人罪吗?”末一句她大声说了出来，小东西哼哼唧唧应了声（此时他已停止打喷嚏了)。“别哼哼唧唧的！”爱丽丝教他。

宝宝又哼哼一声，爱丽丝担心地看看他的脸，想知道怎么回事。毫无疑问，这孩子长了个朝天鼻，不像鼻子倒像猪嘴，眼睛也太小了，真难看，一点儿也不招人喜欢。“不过也许他在哭呢。”再看看他眼睛流不流泪。

不，没流泪。“要是你会变成一头猪的话，宝贝儿，”爱丽丝认真地说，“我可就不管你了。当心！”可怜的小东西又哭起来（或者说哼哼起来，哭还是哼哼，真难说得清)。爱丽丝抱着他默默往前走。

正在想“把这东西抱回家怎么办”的时候，小东西又哼哼起来，声音好响。爱丽丝忙低头看看他的脸。这回看清了，这家伙不折不扣就是头猪，再抱着他往前走岂不荒唐。

她把小东西放下来，目送他跑进树林，松了口气。

“要是他长大的话，会是个好丑的孩子，不过倒是头蛮好看的猪。”爱丽丝把自己认识的那些和小猪一样爱哼哼唧唧的小孩子回想一遍，“要是知道改变他们的正确方法多好……”忽然，她被柴郡猫惊得一愣！那猫就坐在几码远的树枝上。

看到小姑娘，猫只是笑。脾气倒挺好，爱丽丝想，可它的爪子好长、牙齿好密哟，她觉得该对它尊敬一点。

“柴郡猫咪！”爱丽丝没把握地打招呼，不知人家喜不喜欢这名字。

可猫呢，嘴咧得更开了，“看样子它挺乐意，别怕。”爱丽丝又接着说，“请告诉我该走哪条路好吗？”

“那得看你想去哪儿。”猫回答。

“去哪儿没关系。”爱丽丝道。

“那走哪条路也没关系。”

“可是我总得到一个地方才行啊！”爱丽丝补充一句。

“噢，那好办，只要你走得够远就成。”

爱丽丝觉得这话不容辩驳，就提出另一个问题：“这附近住的是什么人？”

“那边，”猫挥舞右爪，“住着帽商。那边，”它又挥舞左爪，“住着三月兔。随你看哪一位，他俩都是疯子。”

“可我不想和疯子打交道。”

“哦，那你可没法子，我们这儿的人全是疯子。我也是，你也是！”

“你怎么知道我是疯子？”爱丽丝不高兴。

“肯定是，不然就不会到这儿来。”

爱丽丝觉得岂有此理，但还是接着问：“你怎么知道你是疯子？”

“这么说吧，狗不是疯子，你承认吧？”

“大概没错。”

“狗一生气就狂叫，一高兴就摇尾巴。可是我高兴时狂叫，生气时摇尾巴，所以我是疯子。”

“我觉得猫是咪眯叫，不算狂叫。”爱丽丝道。

“随你怎么说好了。今天跟王后打槌球了吗？”

“我倒是愿意，可没收到邀请。”

“你会在那儿碰到我!”猫说完不见了。

爱丽丝并不纳闷，对怪事她都挺习惯了。目光还没离开猫待过的地方，它又突然出现了。

“顺便问一句，刚才我忘了。那小宝宝怎么样了?”

“他变成了猪。”爱丽丝平静地回答，仿佛猫的再现天经地义。

“我就知道他会变猪。”猫说完又不见了。

爱丽丝等了一会儿，希望它会再出现，可是没有。她就朝据说住着三月兔的地方走。“卖帽子的早见过了。三月兔大概最有趣，现在已经五月份，该不会疯疯癫癫了——至少不会像三月份①那样。”冷不防那猫又出现了，坐在树枝上。

“你刚才说的是‘猪’还是‘无花果’?”② 它问。

“是猪。请别这样一会儿消失，一会儿出现，真让人头昏!”

“好吧!”猫说着就慢慢地隐去，先从尾巴尖开始，直到那张笑脸。笑脸比身体其他部分停留的时间长些。

“怪呀！不笑的猫见得不少，可从没见过没身子的猫脸，还这么笑着！真是这辈子见过的最古怪的事!”

没走多远就看到三月兔的家。她认为这一定没错，因为那烟囱形状就像兔耳朵，屋顶盖的是皮毛，房子好大。她先从左手里咬了口蘑菇把自己变高到两英尺，这才敢走过去。就这样还心惊胆战：“要是兔子真疯得要命怎么办？真该先去看看帽商的!”

---

① 3月份为野兔发情期，故表现疯癫。

② 英文 pig（猪）与 fig（无花果）发音相近。

癫狂茶会

房子前面的一棵大树下摆好了一张桌子，三月兔和帽商正在喝茶。他俩中间坐着只睡鼠，呼呼地睡得正香。其他两位把它当靠垫，胳膊肘压在它身上，越过它的头顶交谈。“睡鼠这样子肯定不舒服。不过它在睡觉，大概不在乎。”

桌子挺大，可三个人都挤在一个角上。一见爱丽丝走过来就叫：“没地方！没地方！”爱丽丝不平地说：“地方多的是！”径自走到桌子一头坐进一把大扶手椅。

“来点儿酒！”三月兔劝她。

爱丽丝打量一下桌子，只见茶不见酒，就说：“没看到酒啊！”

“根本就没酒！”三月兔又说。

“那你让我喝酒可不太礼貌！”爱丽丝生气了。

“没请你你就坐下来，也不太礼貌！”三月兔顶她一句。

“我并不知道这是你的桌子，再说，这桌子可以坐很多人。”

“你该剪剪头发了。”帽商已好奇地打量爱丽丝好半天，这才发话。

“你该学学别进行人身攻击！”爱丽丝有些严厉，“这很粗鲁。”

帽商一听瞪大了眼睛："乌鸦为什么像写字台？"

"这下有好戏看了！"爱丽丝想。"他俩打起哑谜来了——我想我猜得到。"她大声说出来。

"你说你知道这问题的答案？"三月兔问。

"没错儿。"

"那你就应该把意思讲清楚。"三月兔接一句。

"我讲了！"爱丽丝忙补充，"至少——至少我说话算数——这是一回事。"

"根本不是一回事！"帽商道，"那你就等于说成'我看见我吃的东西'跟'我吃我看见的东西'一回事！"

三月兔也不示弱："那你也就等于说'我喜欢我得到的东西'跟'我得到我喜欢的东西'一回事！"

睡鼠似乎能边睡觉边谈话，也接口道："那你就等于说'我睡觉时呼吸'跟'我呼吸时睡觉'一回事！"

"这都跟你一回事！"帽商下个结论。谈话到此忽然中断，爱丽丝苦想关于乌鸦和写字台都记得些什么，但实在无话可说。

帽商转向爱丽丝，打破沉默："今天几号？"边把表从衣兜里掏了出来，不安地看看，时不时摇摇，又举到耳旁听听。

爱丽丝想了一下说："四号。"

"错了两天！"帽商叹气，"早跟你说过给表上奶油不合适！"他气呼呼地责备三月兔。

"那可是最上等的奶油。"三月兔温顺地辩解。

"不错。但是面包屑也裹了进去，"帽商发着牢骚，"你不该用切面包的刀来干的。"

三月兔拿过表，闷头看看，到自己茶杯里蘸点儿水，再看看。想不出比刚才那句话更好的话，只好再说一遍："那可是最上等的奶油。"

爱丽丝越过它肩膀好奇地打量一下：“多滑稽的表啊！有几月几号却没有几点钟！”

“干吗要有？”帽商咕哝着，“你的表告诉你哪一年吗？”

“当然不！”爱丽丝立刻应声，“那是因为一年好长的时间。”

“我的表正是如此。”帽商道。

爱丽丝糊涂了，帽商的话真是莫名其妙，但又的确是英文。“我不大明白你的话。”她尽量有礼貌地说。

“睡鼠又睡了。”帽商边说边往睡鼠鼻子上倒一些滚烫的茶水。

睡鼠不耐烦地摇摇头，眼睛都不睁地说：“当然！当然！正是我要讲的话。”

“谜猜出来没有？”帽商又回头问爱丽丝。

“没！我弃权。谜底是什么？”

“我根本不知道。”帽商说。

“我也不知道！”三月兔随声附和。

爱丽丝乏味地叹口气：“我看你们可以干点儿别的，总比浪费时间猜没谜底的谜好些。”

“你要是跟我一样认识时间，”帽商道，“就不会说什么浪费它了，该称呼时间‘他’才对。”

“不懂你的意思。”

“你当然不懂！”帽商神气活现地把头一扬，“我敢说你从没跟时间说过话！”

“是没有，”爱丽丝回答，“不过上音乐课时我得打拍子①。”

“啊，那就对了，他可经不起一打。听我说，你要是跟他处好了，就能随心所欲安排钟点。打个比方，现在是上午九点钟，正是

① 英文beat time（打拍子）中的“time”既有“时间”的意思，又有“节拍”的意思。

上课时间，你只要跟他说句悄悄话，时钟就飞快地转起来，一点半，该吃午饭了！”

“但愿如此。”三月兔轻声地对自己说。

“那敢情好，”爱丽丝琢磨着，“不过那时候我肚子还没饿。”

“开头可能是，但你可以随意延长一个小时呀。”

“你就是这么办的吧？”爱丽丝问他。

帽商痛心地摇摇头：“我可没办到。去年3月我跟时间吵翻啦！就在它变疯之前（用茶匙指指三月兔）……就在红桃王后举办音乐会的时候。当时我得在会上演唱：

闪闪烁烁的小蝙蝠①，

不知你想干什么？

“你也会唱这支歌吧？”

“听过跟这差不多的。”爱丽丝回答。

“歌是这么唱的：

飞向高高的天空，

就像天上的小茶盘。

闪闪烁烁的……”

这时睡鼠浑身一抖，边打瞌睡边唱起来：“闪闪烁烁，闪闪烁烁……”唱呀唱呀，他们只好拧它一把，让它闭嘴。

“哼！连第一段歌词还没唱完，”帽商接着说，“王后就大叫起来：‘他在谋杀时间，砍掉他的脑袋！’”

“好野蛮呀！”爱丽丝惊道。

“自打那回开始，它就再也不肯照我的话办啦，从此就一直是六点钟。”帽商痛心疾首。

爱丽丝恍然大悟：“这就是喝茶的家什摆这么多的缘故吧？”

---

① 作者是在模仿英文儿童歌曲《闪闪烁烁的小星星》。

“正是！”帽商叹气，“老是喝茶时间，我们连洗茶具都没空。”

“所以你们就围着桌子转？”

“正是！因为茶具都用光了。”

“可要是又转到了开头怎么办呢？”爱丽丝壮起胆子问。

“换个话题怎么样？”三月兔打着呵欠插嘴，“我都听腻了，提议请小女士讲个故事。”

“恐怕我没什么好讲的。”爱丽丝一听慌了。

“那就让睡鼠讲！”他俩一起大叫，“醒醒，睡鼠！”两个人同时从两边拧起它来。

睡鼠慢慢睁开眼睛。“我没睡着，”它哑着嗓子有气无力地说，“你们讲的每句话我都听见了。”

“给我们讲个故事！”三月兔喝道。

“对！请讲吧！”爱丽丝恳求。

“快讲！”帽商也加进来，“不然还没讲完你又睡着了。”

“好吧。从前有三个小姐妹，”睡鼠忙不迭地开头了，“她们分别叫爱尔茜、莱茜和蒂丽。她们住在一口井底下……”

“那她们吃什么？”爱丽丝对吃喝问题总是最热衷。

“吃糖浆。”睡鼠想一下说。

“不可能。她们会生病的。”爱丽丝好心地说。

“她们是病了，病得厉害。”睡鼠道。

爱丽丝开动脑筋，想象这种不寻常的生活方式会是啥样子，可是太难，她就又问：“她们为什么住在井底下？”

“再喝点儿茶。”三月兔热心地劝爱丽丝。

“我还什么都没喝，所以也不能再喝。”爱丽丝恼火地说。

“你是说你不能喝得太少，”帽商道，“再喝比什么都不喝容易多了。”

“没人问你的意见！”爱丽丝顶他一句。

“现在是谁在人身攻击呀？”帽商得意了。

爱丽丝无言以对，就自己动手喝了些茶，吃些夹奶油面包。然后又问睡鼠：“她们为什么住在井底下？”

睡鼠想想说：“这是口糖浆井。”

“根本没这种东西！”爱丽丝大为光火，可帽商和三月兔却“嘘嘘”地不要她作声。睡鼠不悦地说：“要是你不讲礼貌，那你来讲好啦。”

“不！请你接着讲吧！”爱丽丝低声下气，“再也不打断你了。我敢说也许真有一口这种井。”

“一口，可不是！”睡鼠气呼呼地，不过还是往下讲，“于是三姐妹就学着抽——”

“抽什么？”爱丽丝忘了自己的保证。

“糖浆。”这回睡鼠想都没想就回答。

“我想换只干净杯子，”帽商插嘴了，“咱们全都往前挪个位子吧。”他边说就边挪地方，睡鼠跟着挪。三月兔就坐在睡鼠的位子上，爱丽丝坐在三月兔位子上，只有帽商得了便宜。爱丽丝可倒霉了，因为三月兔刚把它面前的牛奶罐翻倒在盘子里。

爱丽丝不想再得罪睡鼠，就谨慎地说：“可我弄不明白，她们从哪儿抽糖浆呢？”

“水井里可以抽水，”帽商插嘴道，“也就能从糖浆井里抽糖浆呀，真笨！”

“可是她们住在井里呀！”爱丽丝对睡鼠说，不愿理睬帽商末尾那句话。

“那没错呀！”睡鼠道。

这可让人搞不清，爱丽丝只好让睡鼠讲下去不再打断它。

“她们学着抽，”睡鼠打个呵欠，揉揉眼睛，又睡意沉沉，“她们抽各种东西——所有以字母 M 开头的东西。”

“干吗以 M 开头?”爱丽丝又忍不住了。

“干吗不?”三月兔反问。

爱丽丝不吭声了。

睡鼠这时已闭上眼睛打起盹来，可被帽商一拧，“吱”的一声醒过来，又接着讲:“以 M 开头的什么捕鼠器啦、月亮啦、记性啦、许多啦①——要知道你们常说的半斤八两就是它——你们从没见过抽半斤八两的吧?”

“不错! 给你一问，我觉得不可能……”爱丽丝又糊涂了。

“那你就不该开口!”帽商训人。

这么粗鲁，爱丽丝可受不了啦。她厌恶地站起身走开。睡鼠立刻酣睡，其他两位根本无视她的离去，尽管她还回了一两次头，还有些希望他们会留她。最后一次回头，看见他们正想办法把睡鼠塞进茶壶里去。

“无论如何再也不去那地方了!”爱丽丝在林中择路前行，“长这么大就没见过这么疯疯癫癫的茶会!”

话音刚落，爱丽丝发现一棵树上有道门可以进去。“怪事! 不过今天样样事情都奇怪，干脆进去看看。”她走进去。

结果发现自己又回到那间大厅，离那张小玻璃桌子不远。“这回可得聪明点儿。”她先拿起那把金色的小钥匙，把通向花园的门打开，然后再一小口一小口地咬蘑菇（她在衣兜里留了一块）直到自己变得大约一英尺高，就走进小通道。这时候——她发现自己终于来到美丽的花园里，到处鲜花盛开，喷泉清凉。

---

① “捕鼠器、月亮、记性、许多”的英文分别是：mouse-trap，moon，memory，many. 均以 M 开头。

王后的槌球场

花园门旁有棵大玫瑰，枝头盛开着白色的玫瑰花。可是有三名花匠正忙着把花涂成红色，真奇怪。爱丽丝就走近些瞧瞧。刚走过去，就听见一位花匠说："红桃5，当心！别把颜料溅我一身！"

"没法子，"红桃5闷闷不乐，"红桃7撞了我胳膊肘。"

红桃7一听抬头怒道："好哇，红桃5，出了错老怪别人！"

"你最好闭嘴！"红桃5说，"昨天才听王后讲你该被砍头。"

"为什么？"头一个开口的人问。

"红桃2，关你什么事？"红桃7喝道。

"当然，就关他的事！"红桃5不服气，"我偏告诉他——是因为把郁金香的根错当成洋葱送给了厨师。"

红桃7把刷子一扔："哎哟，最不合理的事情当中……"他忽然发现了爱丽丝，就猛地收住话头，另两位也回头一看，三个人都深深地一鞠躬。

"请你们告诉我，干吗要给玫瑰花涂颜色？"爱丽丝有些胆怯。红桃5和红桃7都不吱声，看看红桃2。红桃2就小声说："噢，小姐，因为这里原该种一棵红玫瑰的，可我们错种了白玫瑰。要给王后发现了，我们全都得掉脑袋。所以，小姐，我们正想法子在她到来之前……”

这时，一直焦灼地张望花园远处的红桃5惊呼起来：“王后来了！王后来了！”三名花匠赶紧面朝地趴下。一阵杂乱的脚步声。爱丽丝也回过头，急于一睹王后的风采。

队伍先由扛梅花的十名兵士开道，形状跟三名花匠一样扁平而长方，手脚都待在角落里。接着是十名大臣，浑身点缀着方块，两两而行，与兵士相同。后面是小王子和小公主，共十名。这些小宝贝一路活蹦乱跳，一对一对手拉手，身上装饰着红桃。贵宾紧跟在后，多是国王和王后。爱丽丝看到小白兔也夹在里头，紧张慌乱地说着什么，说一句扮一个笑脸，经过时根本没注意到爱丽丝。贵宾后面是红桃J，深红色的天鹅绒垫子上捧着国王的王冠。壮观的队伍最后才是红桃王和红桃后。

爱丽丝拿不定主意该不该跟花匠一样趴在地下，可又没听说过看游行时还有这种规矩，“再说啦，要是大家都趴在地上，游行给谁看呢?”所以她就只管站着。队伍走到爱丽丝面前时全都停下看她。王后恶声恶气地问红桃J：“这是谁?”红桃J鞠个躬笑笑算是回答。

“白痴！”王后转向爱丽丝，“孩子，你叫什么名字?”

“回陛下，我叫爱丽丝。”爱丽丝彬彬有礼。不过她暗暗思忖：“他们不过是一副扑克牌罢了，怕什么?”

“这些人是谁?”王后指指趴在玫瑰旁边的三名花匠，因为他们全都脸朝地，背上的图案又跟别人一样，所以王后弄不清他们是花匠，是兵士，是大臣，还是她自己的孩子。

“我怎么知道，这跟我不相干。”爱丽丝对自己的大胆吃了一惊。

王后气得面红耳赤，横眉竖眼地瞪了她一会儿，大叫道：“砍掉她的头！砍掉她……”

“胡说八道！”爱丽丝大声坚定地驳斥，王后不吭声了。

国王把手放到王后胳膊上，战战兢兢地说："亲爱的，再想想，这还是个孩子呢。"

王后气冲冲把脸一扭，命红桃J："把他们翻过来！"

红桃J用一只脚小心翼翼地把三个花匠翻个身。

"起来！"王后嗓门又大又亮。花匠们忙跳起身朝国王、王后、王子、公主和所有其他人鞠躬。

"行啦！真让人头昏！"王后尖叫着。又转身看看玫瑰花，问："你们在这儿搞什么鬼？"

"回陛下，"红桃2低三下四地跪下一条腿，"我们刚才……"

"明白啦！"王后察看一番玫瑰花后大叫道，"砍他们的头！"于是队伍又朝前走。三个兵士留在后面对不幸的花匠执行死刑。花匠们跑向爱丽丝求救。

"你们不会被砍头的！"爱丽丝说着就把他们拿起来放进旁边的一只大花盆。三名兵士转来转去找不着，就悄悄地跟队伍走了。

"他们脑袋掉了吗？"王后大声问道。

"回陛下，他们脑袋掉了！"兵士喊叫着回答。

"那就好！你们会打槌球吗？"王后又大声叫道。

兵士们都不吭声，看着爱丽丝，仿佛这问题是对爱丽丝来的。

"会打！"爱丽丝也大声嚷嚷。

"那就过来！"王后命令。爱丽丝加入行列，心中嘀咕不知会发生什么事。

"天气……天气好极了！"身旁有个胆怯的声音说。原来和小白兔走到一起了，它正好奇地打量她的脸哪。

"是挺好。公爵夫人在哪儿？"

"嘘！小点儿声！"小白兔忙压低声音，边说边担心地回头张望，再踮起脚尖把嘴凑到她耳旁悄声说，"她被判死刑啦。"

"为什么？"

“你说‘太可惜’？”兔子问。

“不！我才不觉得可惜。我说的是‘为什么’。”

“她打了王后一耳光……”爱丽丝一听就小声笑了。“噢，嘘！”兔子心惊胆战，压低嗓门，“王后会听到的！公爵夫人迟到了，王后就说……”

“各就各位！”王后打雷一般吼叫，人们忙四下里乱跑，相互碰撞，不过很快就都站好了，球赛开始。

爱丽丝还从没见过这么滑稽的槌球场，遍地沟沟坎坎，槌球就是活刺猬，木槌就是活火烈鸟，球门则由兵士弓腰双手按地充当。

起先，最难弄的是手中的火烈鸟。好不容易才把它夹在胳膊下，怪舒服的，它的两条腿悬在下面。可刚把它脖子摆直，正要用它的头去打刺猬，它就脖子一扭，看着爱丽丝，一副莫名其妙的神情，爱丽丝忍不住笑起来。等她再次把它的头扳过去的时候，刺猬又伸展身体打算溜走了。而且，不论她想把刺猬打到哪儿，总有沟沟坎坎碍事。充当球门的兵士则不停地站直身子到处乱走。爱丽丝很快就明白这种比赛实在太难。

参赛者全都开打，根本等不及轮到自己，还相互争吵不休，抢夺刺猬。须臾，王后怒火万丈，一面跺脚一面大叫：“砍掉他的头！”“砍掉他的头！”每分钟都要叫一次。

爱丽丝开始着急，当然她还没跟王后发生冲突，可这种事随时可能发生。“再说，会有什么好下场？这儿的人太喜欢砍头了，真不知到最后还有几个人能活着！”

环顾左右，她想找条逃路，好趁人不备溜之大吉。忽然发现空中出现了一个怪东西，起先不知道是什么，过一会儿才弄清是张笑脸：“哦，原来是柴郡猫，这下有人说话了。”

“过得怎么样？”猫嘴刚现出来就问。

爱丽丝等到它眼睛现出来才朝它点点头，想：“耳朵不出来跟它说话也没用，至少得有一只耳朵才行。”很快整个脑袋都出现了。爱丽丝放下火烈鸟，开始跟猫讲这场比赛，很高兴有人听她说话。猫大概觉得露出来的够多了，身体其他部分不再显现。

“我看这种比赛不公平，”爱丽丝发着牢骚，“大家都这么吵吵闹闹，谁的话也听不清——又没什么一定的比赛规则，就算有，也没人会遵守——而且比赛用的东西全是活的，真难弄。比方说，我该打的下一个球门却跑到场地另一头去了，刚才该打王后的刺猬，可它一见我的刺猬打来就逃跑了！”

“喜欢王后吗？”猫小声问。

“一点儿也不喜欢，她特别……”话刚要出口，发现王后就在身边偷听，爱丽丝只好改口说，“她特别可能获胜，比赛简直没必要打下去了。”

王后笑了，走开去。

“你跟谁说话？”国王来到爱丽丝面前，满脸惊奇。

“是个朋友，一只柴郡猫。请允许我向您介绍。”

“我才不喜欢它那嘴脸，不过要是它乐意，可以吻我的手。”国王道。

“我才不干呢。”猫说。

“大胆！敢这么看我！”国王边说边往爱丽丝身后躲。

“猫也可以看国王①，我从书上看过这句话，就是不记得哪本书了。”

“哼，这家伙得除掉！”国王挺果断，又朝路过的王后叫道，“亲爱的，希望你把这只猫除掉！”

王后只用一个办法解决问题，不论什么问题：“砍它的头！”她

① 原文为：A cat may look at a king——猫也可以看国王，意为“小人物也该有权利”。

头也不回就下命令。

“我亲自去叫刽子手！”国王迫不及待地走了。

爱丽丝觉得回去看看球赛也不错，因为听到王后在远处大叫大嚷，又命令处死三个人，因为他们该打的时候没动手。比赛乱得一团糟，让人看不下去。弄不清该不该自己打，爱丽丝干脆去找她的刺猬。

原来她的刺猬正和另一只刺猬打得难解难分，这倒是打它们的好机会，可一看，火烈鸟跑到花园另一头去了，正费尽心机想飞到树上去。

等逮到火烈鸟抱回来，刺猬们仗已打完，两只都不知去向。“没关系，反正这边所有的球门都不见了。”她把火烈鸟一挟，不让它跑掉，又回去找朋友说话。

走拢一看，柴郡猫周围有一大堆人，刽子手、国王和王后正吵作一团，三人一齐讲话，其他人都保持沉默，模样很难受。

爱丽丝一露面，三人都找她评理，可三人同时讲，谁的话也听不清。刽子手争论说，要是连身子都没有，从哪儿砍脑袋？他还从没干过这种事，这辈子也不想干。

国王争论说，只要有脑袋就可以砍，刽子手无权废话连篇。

王后争论说，要是不赶快砍掉猫脑袋，她就要把周围人的脑袋都砍掉（正是末一句使所有的人都心情沉重）。

爱丽丝想不出别的话就说：“这是公爵夫人的猫，你们最好先问问她。”

“她进监狱了。”王后命刽子手，“去把她带来！”刽子手箭一般射了出去。

他一走，猫头也开始消失，等把公爵夫人带来，猫已无影无踪。国王和刽子手四下乱找，其他人又回去比赛。

白这儿的事了吧?"

"可是您现在干吗不叫唤了呢?"爱丽丝举手准备捂耳朵。

"因为已经叫过了呀，从头再来一遍有何好处?"白后道。

这时天又亮起来，"乌鸦一定飞走了。"爱丽丝说，"它走了我真高兴，原先还以为天要黑了呢。"

"但愿我也能设法高兴高兴！可我不记得规律了。住在这个林子里你一定非常快乐，而且什么时候愿意就什么时候快乐。"

"可这儿太孤单了!"爱丽丝难过地说，想到自己的孤单，两颗大大的泪珠顺脸颊滚了下来。

"哦，别这样!"可怜的白后绞着双手，"想想你是个多么伟大的女孩，想想今天你跑了多远的路，想想现在几点啦，想想一切的一切，就是别哭鼻子!"

爱丽丝一听忍不住笑了，甚至眼泪还在眼睛里涌动："您想想这一切的时候能不哭吗?"

"事情就这么回事，"白后决断地说，"准确地说，没人能同时干两件事。咱们先来想想你的年龄。你几岁啦?"

"七岁半，准确地说。"

"用不着说'准确地说'。"白后指出，"不说我也相信。现在该我让你相信点儿事了。我正好一百零一岁五个月零一天。"

"我不信!"

"不信?"白后很固执，"再试试，深呼吸，闭上眼睛。"

爱丽丝笑了："试也没用，人不能相信不可能的事情。"

"我敢说你练习得还不够，"白后道，"我像你这么大的时候，每天都要练半小时，结果怎么样?有时吃早饭前我就可以相信多达六件不可能的事了。披肩又要跑啦!"

胸针在她说话的时候又开了，突然刮来一阵大风把白后的披肩刮到小溪那边去了。白后又张开手臂飞奔去追，这次她成功地抓住了。

“抓到啦!”她乐得大叫，“现在让你瞧瞧我自己来给它戴好!”

“那您手指头现在好点儿啦?”爱丽丝十分礼貌地问，一面跟着白后跨过小溪。

“哦，好多啦!”白后又可着嗓门尖叫，“好……好多啦！好……好多啦！好……好多啦！好……好多啦!”最后一个字成为咩的一声，太像绵羊了。爱丽丝不由一惊。

看看白后，她似乎突然给自己裹进了羊毛里。爱丽丝揉揉眼睛再看看，还是不明白究竟发生了什么事。这是在一家商店里吗?那是不是……是不是一只绵羊坐在柜台里?眼睛揉来揉去，看到这样一种情景。她现在正在一家小而黑的铺子里，胳膊肘撑着柜台，她对面是一只老绵羊，坐在扶手椅里织毛线，而且时不时停下来用一双大眼睛看着她。

“你到底想买什么?”绵羊抬头看了一会儿终于开口问。

“还不知道呢。”爱丽丝温存地回答，“可以的话，我想先转一圈看看。”

“你可以看看你前面和两边，”绵羊道，“但你不能转圈看——除非你后脑勺上还长着眼睛。”

这种眼睛爱丽丝可没有，她就转过来转过去，看架上的东西。

铺子里似乎摆满了形形色色的古怪东西，最怪的还在于，不论她使劲看哪一格，想看清到底是什么的时候，那一格上的东西一下子就都没了，尽管别的格子上都摆得满满的。

“这儿的东西都飞来飞去的呀!”最后她发出哀鸣。她追随一个大而亮的东西好一会儿了，那东西时而像玩具娃娃，时而像针线盒，可总是在她目光注视之处上面一格。“这东西最惹人生气——瞧我怎么办吧……”她忽然念头一闪，“我要盯着它，看它一步步挪到最上一层去，再盯它，它就会从天花板里钻出去了，肯定!”

可这计划失败了，“那东西”悄然穿过天花板好像早就习以为常。

“你是孩子还是陀螺？”绵羊问，一面拿起另一副针，“再这么转来转去，我就该头晕眼花啦！”它现在正同时使用14副针，爱丽丝不由吃惊地看着它。

“怎么能用这么多针来织？”小姑娘纳闷儿，“瞧它越来越像只豪猪啦！”

“会划船吗？”绵羊问着还递给爱丽丝一副毛线针。

“会！会一点儿。不过不是在陆地上，也不用毛线针。”还没说完，手里的针忽然一下子变成了船桨。她发现她俩正坐在一只小船上，在两岸之间滑航。这下没法子，只好尽力而为了。

“羽毛！”绵羊大叫一声，拿起另一副针。

这话听起来不需要什么回答，因此爱丽丝啥也没说，只顾划桨。水有些不对头，时不时桨就长在里头似的抽不出来。

“羽毛！羽毛！”绵羊又叫了，拿起更多的针，“马上你就能逮住只螃蟹。”

“可爱的小螃蟹，”爱丽丝想，“那倒招人喜欢。”

“难道就没听见我说‘羽毛’？”绵羊生气地嚷嚷，抓起一把针来。

“听见的，你说了好几遍——说得好响。请告诉我螃蟹在哪儿？”

“在水里，那还用说！”绵羊把一些针插进头发里，因为双手都没空了。“羽毛，我说！”

“你干吗老‘羽毛、羽毛’的？”爱丽丝烦了，“我又不是只鸟！”

“你就是，你是只笨鹅。”

爱丽丝恼了，闭嘴不理它。小船轻轻地滑行，时而穿过水草（这使船桨缠进去更难抽了），时而穿过树荫，但两边永远是高耸的河岸向她们俯身皱着眉头。

“哦，劳驾！那儿有些香喷喷的灯芯草！”爱丽丝突然乐得大叫，“真的有——好美呀！”

“别对我‘劳驾、劳驾’的，”绵羊从毛线活儿上抬起头，“不是我种在那儿的，也不打算把它们弄走。”

“没错。可我是说——劳驾，我们能不能停下来采一些呀?”爱丽丝恳求道，“要是你不在意把船停一下的话。”

“我怎么停?只要你不划水，它自会停下。”

于是就任小船自己顺水漂流，直到它轻轻滑进随风摇摆的灯芯草中。小袖子高高地卷起来，小胳膊伸进水中齐肘深，爱丽丝抓住长长的草茎小心地折断。一时忘了绵羊和它的毛线活儿，只顾弯腰伏在船边，发梢垂下来沾到了水面。她大睁明亮急切的眼睛，把芳香可人的灯芯草采了一把又一把。

“但愿小船别翻才好！哦，那一朵多可爱！可惜够不着。真气人，简直就像故意的！”她恨道。不过随着小船不停地向前滑行，她已设法采了一大把美丽的灯芯草，只是前头也总有一棵更好看的让她够不着。

“最好看的总是离我太远！”她为远处执拗的灯芯草叹口气。小脸涨得通红，发梢和小手淌着水珠。她爬回老地方坐好，动手整理刚发现的宝藏。

花一采下来就会开始失去芬芳和美丽，但此时此刻对小姑娘来说这又有什么关系呢?即使真正芳香的灯芯草也只能保持很短的时间。何况这些梦中的灯芯草，堆在她脚下，几乎如同雪花般融化。爱丽丝不曾注意这些，古怪的事太多，令她无暇顾及。

行不多远，一支桨就长在水里再也不肯出来了（后来爱丽丝就是这么说的），结果桨柄别住了她的下巴。可怜的爱丽丝发出一连串尖叫：“哎哟哟！”她被扫离座位，跌倒在那堆灯芯草里。

不过，她并没伤着，马上又爬了起来，绵羊只顾忙它自己的事，袖手旁观："你可逮住了只好螃蟹！"爱丽丝坐到老地方，为没掉进河里大松一口气。

"是吗？我怎么没看见？"爱丽丝朝黑乎乎的河水小心翼翼探探头，"它不放手多好——就能带一只回家了！"绵羊只是轻蔑地笑笑，织它的毛线。

"这儿的螃蟹很多吗？"爱丽丝问。

"多的是，还有各种各样的东西，足够选择，只要你拿定主意就行。现在你想买什么？"

"买?!"爱丽丝又惊又怕地应一声，因为船桨、小船、小河刹那间全都消逝不见。她又回到了又小又黑的铺子里。

"我想买只鸡蛋。什么价？"她怯生生地问。

"五又四分之一便士买一个，两便士买两个。"绵羊回答。

"这么说买两个倒比一个便宜？"爱丽丝好生奇怪，一面掏出钱包。

"不过要是买两个，你就得吃两个。"

"那我就要一个吧。"爱丽丝把钱放到柜台上，心想，"说不定蛋不新鲜。"

绵羊拿过钱收进一只盒子，又说："我从不把东西放到人们手里——因为办不到。你得自己去拿。"说完就走到铺子另一头，把鸡蛋竖起来放在一只架子上。

"为什么办不到？"爱丽丝在桌椅之间摸着路，因为铺子里头好黑。

"怎么越朝鸡蛋走，鸡蛋好像就越远？这是只椅子吧？咦，怎么有树枝呀，树怎么会长在这地方？这儿还有条小溪！这种古怪铺子可从没见过！"

于是她接着往前走，每一步都让她纳闷，因为只要走到眼前，碰到的一切就都变成了一棵树。她想那鸡蛋肯定也会变成树的。

蛋形人

然而，鸡蛋只是越变越大，越变越大，越变越像个人。等离它只有几码远时，爱丽丝发现鸡蛋长出了眼睛鼻子和嘴巴。再近一些时，才看清楚原来就是蛋形人哈姆提达姆迪："绝不会是别人！我敢肯定！瞧他名字都在脸上写满了！"

在那张圆溜溜的大脸上写上一百遍也不费劲。蛋形人两腿交叉坐着，活像只火鸡。他坐在一面高高的墙头上，墙头那么窄，不知他如何保持平衡不掉下来？他目光死死地盯着正前方，根本就没注意她。爱丽丝想，这一定是个假人吧？

"这多像只鸡蛋哟！"爱丽丝一面大声说一边伸手准备接他，觉得他每一秒钟都可能掉下来。

"真可气！"蛋形人沉默良久后开口，眼睛并不看小姑娘，"被人叫做鸡蛋，多么可气！"

"我说的是您像鸡蛋，先生。"爱丽丝和善地解释，"有的蛋是很好看的。"她再加一句，想把自己的话变成恭维。

"有的人，"蛋形人还是看都不看她，"比吃奶小儿都不懂事！"

爱丽丝无言以对。这可不像在谈话，因为他看都不看她，而且他最后一句显然是朝一棵树说的。她就轻声对自己念起歌谣来：

蛋形人坐在墙头上，
蛋形人摔了一大跤。
国王手下全体人马，
也无法将他放回老地方。

“最后那句太长了。”她加一句，忘记蛋形人会听到。

“别傻站在那儿跟自己说话。”蛋形人头一回看着她，“告诉我你叫什么名字，有什么事。”

“我叫爱丽丝，不过……”

“这名字够蠢的！”蛋形人不耐烦地打断她，“是什么意思？”

“名字还得有意思吗？”爱丽丝疑惑地问。

“当然得有。”蛋形人笑一声，“我的名字意味着我的形状——而且是个非常好的形状。而你的名字，简直可以是任何形状。”

“你干吗一个人坐在这儿？”爱丽丝不愿和他吵。

“干吗？因为没人和我在一起！你以为我连这都答不上来吗？再问一个。”

“你难道不觉得下来安全些？”爱丽丝出于好心，为蛋形人着急，“这堵墙太窄了！”

“这问题也太容易了！”蛋形人叫道，“我当然不觉得墙太窄！要是我掉下去呢？不会有这种可能。不过，要是我真的……”说到这儿他噘起嘴，做出一副好严肃好了不起的样子，爱丽丝不由笑了，“要是我掉下去的话，国王已答应我。啊，要是你愿意，可以脸色发白。没想到我这么说吧？国王答应我，亲口答应。”

“派他手下全体人马来。”爱丽丝不明智地插嘴。

“太不像话！”蛋形人突然大发脾气，“你一直在门口偷听，在树后偷听，在烟囱里偷听，不然你怎么知道的!”

“我没偷听，真的!”爱丽丝和气地加一句，“书上都写着呢。”

“嘿，得啦！人们也许会往书里写这种东西，”蛋形人平静多了，“那就是你所谓的英国历史，就那玩意儿。现在好好看看我！我跟国王说过话，我说过。没准儿你再也见不着我这样的人啦。为了让你知道我并不骄傲，你可以跟我握个手!”他满脸是笑，身子往前一凑(这么一来他就更可能掉下来啦)，把手伸向爱丽丝。她握住他的手一边为他悬心：“他再笑大一点儿，嘴巴两头就会在脑袋后面相遇啦，那他的头会发生什么事？恐怕就要掉了!”

“不错，国王的全体人马。”蛋形人接着说，“他们立刻就会把我扶起来，他们会的！不过，咱们的谈话进行太快，还是回到倒数第一句话上去吧。”

“恐怕我不记得那句话了。”爱丽丝挺礼貌。

“那就从头来。该我选话题了。(“他谈话也像做游戏!”爱丽丝想。)有啦。你刚才说你几岁来着?”

爱丽丝忙算算：“七岁零六个月。”

“错了!”蛋形人得理不饶人，“你先头根本没说过!”

“我以为你是问我几岁。”爱丽丝忙解释。

“我要是想问自然会问的。”

爱丽丝不想和他争，就不做声。

“七岁六个月!”蛋形人边想边说，“不舒服的年龄。要是你征求我的意见，我会说：‘在七岁停下……’可惜为时已晚。”

“对长大的问题我从不征求意见。”爱丽丝激愤地说。

“你太傲慢了吧?”另一位问。

爱丽丝一听更气了：“我是说一个人要长大也没办法!”

“一个人没办法，也许，不过两个人就有办法了。只要得到合适的帮助，你可以在七岁停下。”

“你的腰带好漂亮!”爱丽丝突如其来地说（年龄的事谈够了，她觉得。再说要真是轮流选话题，也该轮到她了)，“至少，”她想想又纠正自己，“是条漂亮的领带，我本该这么说——不！还是条腰带——请原谅!”她大惊失色地补充，因为蛋形人愤怒了。真后悔不该选这么个话题。要是弄明白他哪儿是脖子，哪儿是腰就好了!

蛋形人显然气得要死，尽管没吭声。等他真的开口，深沉的嗓音就像怒吼。

“好——气——人！领带腰带都分不清!”

“我知道自己没见识。”爱丽丝低声下气，蛋形人变和气了。

“是领带，孩子，很漂亮的领带，正像你说的，是白王和白后送给我的。明白了吧。”

“真的?”爱丽丝很高兴总算找到一个好话题。

“他们把这送给我。”蛋形人跷起二郎腿，抱住膝盖，沉思地说，“送给我——作为一件非生日礼物。”

“请原谅?”爱丽丝不懂了。

“我没生气。”

“我是说，非生日礼物是什么东西?”

“就是不是为了生日而送的礼物嘛。”

爱丽丝琢磨琢磨，最后说:“我最喜欢生日礼物。”

“你真不知道自己在说些什么!”蛋形人叫道，“一年多少天?”

“三百六十五天呀。”

“你有多少个生日?”

“一个呀。”

“要是你从三百六十五减去一还剩多少?”

“三百六十四呀。”

蛋形人有些怀疑:“我要看你用纸笔算一次。”

爱丽丝掏出自己的记事本，忍不住笑了，就为蛋形人列了个算式：

$$\begin{array}{r} 365 \\ -)\quad 1 \\ \hline 364 \end{array}$$

蛋形人拿过本子仔细看，说："好像没算错。"

"您拿倒了！"爱丽丝帮他顺过来，"怪不得我觉得有点儿不对头。刚说啦，好像没算错！虽说眼下没时间细看。这说明你有三百六十四天可能得到非生日礼物。"

"当然。而你只有一天能得到生日礼物。这下你多荣耀啊！"

"'荣耀'？我不明白。"

蛋形人神气地笑着说："你当然不明白。等我告诉你。我是说：'这下你可有场激烈争论啦！'"

"但是'荣耀'并不是'激烈争论'的意思呀！"爱丽丝反驳。

"我用词的时候，"蛋形人傲慢地说，"想要它什么意思就什么意思，不折不扣！"

"问题是您能不能使词具有那么多不同意思呢？"爱丽丝道。

"问题是，谁说了算——就这回事。"蛋形人口气果断。

爱丽丝大惑不解，半天不吭声。蛋形人又说："有些词有脾气，尤其是动词，它们最傲慢。形容词可以随便用，动词可不行。不过，我可以让它们都听话！不可测知，这就是我的话！"

"请问这话什么意思？"

"你倒像个讲理的孩子，"蛋形人挺高兴，"我说的'不可测知'就是说关于那个话题已经谈够了。要是你想谈谈别的话题那也很好，因为我想你总不会打算把一生中的其他时间都停留在这个话题上。"

"让一个词有这么多意思也太难为它了。"爱丽丝若有所思。

“每逢我让一个词干那么多活儿的时候，我就多给它钱。”

“哦?”爱丽丝惊得无言以对。

“啊，你该来看看，星期六晚上它们都会上我这儿来。”蛋形人庄重地把头从一边摇到另一边，“来拿工钱。”

(爱丽丝没敢问他拿什么付给它们，所以我也无法告诉你。)

“您解释字眼儿好像特聪明，先生。请您给我讲讲那首‘无意义的废话’的诗（此处参看《爱丽丝镜中奇遇》第1章)，好吗?”

“先听听看。我能解释所有已写出来的诗——还能解释好多还没写出来的诗。”

听起来怪有希望。于是爱丽丝就背出第一段——

Twas brillig, and the slithy toves
did gyre and gimble in thd wabe:
Au mimsy were the borogoves,
and the mome raths outgrabing.

“够啦，”蛋形人打断她，“这儿有不少难词。brillig 指的是下午四点钟……就是你开始为晚餐烧煮东西的时候。”

“挺明白的。那 slithy 呢?”

“slithy 是说 lithe 和 slimy，lithe 和 active 一样，这就叫提包词……把两个词的意思塞进一个词里。”

“懂了。”爱丽丝想想又问，“那 toves 是什么东西?”

“toves 就类似獾，类似蜥蜴，类似开塞钻。”

“它们样子一定好怪好怪。”

“不错，它们在日晷下面造窝，还吃奶酪过活。”

“那么 gyre 和 gimble 呢?”

“gyre 就是像陀螺一样转了一圈又一圈。gimble 和手钻打洞一样。”

“那 wabe 就是日冕下面的草地吧?”爱丽丝惊奇自己的独到见解。

“当然是。管它叫 wabe 是因为它前面有长长的路，后面也有长长的路。”

“两边也有长长的路。”爱丽丝补充道。

“一点儿不错。mimsy 是 flimsy 和 miserable（又是一个提包词啦），borogroves 是一种样子可怜巴巴的瘦鸟，像支活拖把。”

“那 mome raths 啥意思?恐怕给您添太多麻烦啦。”

“raths 是一种绿色的猪。mome 说不准，我想是 from home 缩成一个词吧，也就是说它们迷路了。”

“那 outgrabing 呢?”

“outgrabing 就是介于 bellowing 和 whistling 之间的东西，中间打个喷嚏就行了。不过，你也许能听见。就在林子那边，只要你听一次就会满意了。是谁给你念这些难懂的东西的?”

“我从书里看到的。不过有人给我念了一首比这好懂多的，是孪生兄弟中的兑德尔迪。”

“关于诗，”蛋形人伸出一只大手，“我可以和别的人一样背得好。要是背那首……”

“没必要!”爱丽丝想阻止他开头。

“我想背的这首，完全是让你开心的。”蛋形人不理爱丽丝。

爱丽丝觉得倒也可以听听，就无可奈何地说：“谢谢!”

冬天，白雪覆盖原野，

我为你唱这首歌取乐——

“不过我不会唱。”蛋形人补充说明。

“我看你也不会!”爱丽丝道。

“你要是看我一眼就知道我会不会唱歌，那你眼睛比多数人厉害得多。”蛋形人脸一板。爱丽丝不吭声了。

春天，树林转绿，

我要把心里话告诉你。

“非常感谢!”爱丽丝插嘴。

夏天，白昼长长，

也许你将明白我的歌唱。

秋天，树叶发黄，

去拿纸笔把它写下。

“我会的，要是记得住这么长的话。”爱丽丝又插嘴。

“用不着多嘴多舌!”蛋形人道，“它们又没感觉，真让我为难。”

我给小鱼儿送封信，

告诉它们“这就是我的愿望”。

大海里的小鱼儿们，

给我送来回信，

小鱼的回答是:

“我们干不了，先生，因为——”

“恐怕我听不懂了。”爱丽丝打断他。

“往下容易些。”蛋形人道。

我派人告诉它们，

最好还是听我的。

鱼们回答，一面笑着:

“嘿，你脾气倒挺大。”

跟它们讲了一次，又讲了两次，

它们就是不肯听我的话。

我就拿一只崭新的大茶壶，

干我的事情正合适。
我的心跳，心儿咚咚跳，
在唧筒前灌满一壶水。
这时有人走来说：
“小鱼正在床上睡觉。”
我对他说，说得很清楚，
“那你得把它们喊起来。”
我说得又响又清楚，
我对着他的耳朵叫。

蛋形人越背嗓门越高，简直是在尖叫。爱丽丝打个冷战：“就算把天下的一切都给我，我也绝不给他当信使。”

但是他古板而骄傲，
说：“你用不着这样大声叫！”
他又骄傲又古板，
说：“我去叫醒它们，要是——”
我从架子上拿下一把开塞钻，
自己去叫醒它们，
我发现门被锁上了，
就又拉又推又踢又敲。
我发现门是关的，
就想转动门把手，可是……
忽然停了好久。

“完了吗？”爱丽丝小心地问。

“完了。再见。”

这可有点儿太突然，可既然人家这么明白地暗示，她只好走了，不然不太礼貌。爱丽丝就站起来，伸出手去：“再见！下次见！”尽量说得很快活。

“就算再见面，我也不认识你。”蛋形人不高兴地说着，伸出一根手指给她握，“你和别人太像了。”

“一般说，人们按脸蛋来区分。”爱丽丝很有见地的口气。

“那正是我要抱怨的，”蛋形人道，“你的脸和其他人一样，有两只眼睛，长在这里（边说边用拇指在空中画着位置），鼻子在中间，嘴巴在下面，千篇一律。要是你两只眼睛都是长在鼻子一侧，比方说……或者嘴巴长在最上头……那倒对我有点儿帮助。”

“可是那多难看！”爱丽丝不同意。蛋形人只管闭上眼睛说：“试过了再下结论。”

爱丽丝等了一会儿，看他还有什么话要说，可他既不睁眼也不理她。她就又说了声：“再见！”没有回答。她悄然走开，不过边走边对自己说：“所有最不令人满意的——（她大声重复一遍，因为说这么一个长字眼儿给人宽心。）所有最不令人满意的人当中……”还没说完，忽然传来哗啦一声，整个林子都震动了。

狮子与独角兽

说时迟那时快，兵士们从林中冲了出来。开头三三两两，后来一二十个，最后越来越多，好像把林子都挤满了。怕给他们撞倒，爱丽丝忙躲到一棵树后面，看着他们跑过。

从没见过走路这么不稳当的兵！他们老是绊倒，只要一个人倒下，好几个就会绊到他身上。结果地上很快就躺满了一小堆一小堆的人。

马群冲了出来。四条腿该比两条腿稳当些吧，可它们也时不时地绊倒，而且似乎成了定规，只要一匹马跌倒，骑手立刻就掉下来。越来越乱套。爱丽丝跑出林子，高兴地来到一片空地，发现白王坐在地上正在记事本上奋笔疾书。

“我把人马都派去了！”白王一见爱丽丝就兴高采烈地说，“亲爱的，你从林子里出来没碰上士兵吗？”

“碰上啦，我看有好几千呢。”

“准确地说，四千二百零七名。”白王看看记事本，“不能把马都派去，你知道，因为游戏时还需要两匹。两名信使我也没派，他们都到城里去了。顺大路瞧瞧，告诉我你看见一个人没有。”

“没人。”爱丽丝回答。

“我要有这样一双眼睛就好了，”白王遗憾地说，“就能见到没人了！而且那么远的距离！唉，这样的光线我只能看见真正的人！”

这些话爱丽丝都没听见，她正手搭凉篷，张望着大路，“现在看见人啦！”她终于叫道。“不过他来得好慢——而且他姿势好古怪哟！”（因为信使蹦上蹦下，跟鳗鱼一样扭动，一双大手两边铺开就像两把扇子。）

“才不怪呢，他是盎格鲁-撒克逊①信使——这就是盎格鲁-撒克逊姿势，高兴时他才这样。他名叫海耶尔。”（他把这名字念得与梅耶尔押韵。）

爱丽丝忍不住念起来：“我以H爱我的家，因为他快乐。我以H讨厌他，因为他太可怕。我用——用火腿三明治和干草喂他，他大名就叫海耶尔。他住在……②”

“他住在小山上。”白王利索地补充，根本没意识到自己已加入这场游戏。爱丽丝还在迟疑不决，琢磨一座以H开头的城市名时，白王道：“另一个信使叫海塔。我非得有两名信使——好来来去去，一个来，一个去。”

“请您原谅？”

“求人可不受尊重。”白王回答。

“我只是说没听懂罢了。为什么要一个来一个去？”

“不是说过了吗？”白王不耐烦，“我非得有两名信使，好取信和送信，一个取，一个送。”

这时信使到了。他喘不过气来没法儿说话，只好把手挥来挥去，朝可怜的白王作出最狰狞的怪相。

---

① 盎格鲁-撒克逊：5世纪左右移民英格兰的日耳曼族人民。

② “快乐、可怕、火腿三明治、干草、小山”的英文均以H开头。

“这位小女士以H爱你。”白王介绍着爱丽丝，想转移信使的注意力，可是白搭。信使的那种盎格鲁-撒克逊姿势越来越不寻常，大眼睛狂乱地滚来滚去。

“你吓死我啦。我要昏倒了，快给我一块火腿三明治！”

一听这话，爱丽丝开心地发现，信使马上打开脖子上挂的一只口袋，掏出一块三明治递给白王。白王立即狼吞虎咽。

“再来一块！”白王命令。

“只剩干草啦。”信使探探口袋。

“那就干草吧。”白王嘟囔。

爱丽丝很高兴白王精神许多。“发晕的时候吃干草可没得比。”白王边嚼边说。

“依我看朝你头上泼凉水更好，”爱丽丝建议，“或者闻闻盐味。”

“我没说‘更好’，我说的是‘没得比’。”白王反驳。爱丽丝无言以对。

“路上见到谁了？”白王伸手问信使再要干草。

“没人。”

“不错，这位小女士也说见到它啦。这么说没人比你走得慢。”

“我尽力而为。”信使绷着脸不高兴，“我敢肯定没人比我走得更快！”

“他不行，不然就该先到这儿。现在你喘过气了，可以讲讲城里发生的事了。”白王道。

“我小声讲。”信使把手卷成喇叭状放到嘴边，弯腰凑近白王耳朵。

爱丽丝好遗憾，因为她也想听听新闻。可信使根本没小声讲，而是可着嗓门大叫：“他们又开打啦！”

“这叫小声吗？”可怜的白王惊得跳起来，直摇头，“你再敢这样，我就给你抹黄油！你的声音穿过我脑袋就像闹地震！”

“本该是场小地震！”爱丽丝想着，大胆地问，“谁又开打啦？”

“当然是狮子和独角兽啦。”白王应声。

“是抢王冠吧？”

“没错儿。最可笑的是，王冠一直是我的！咱们跑去看看！”

于是他们跑起来。爱丽丝边跑边想起一首老歌：

狮子和独角兽抢王冠，
狮子打得独角兽满街转。
有人给它们白面包，
有人给它们黑面包，
有人给它们李子饼，
有人把它们赶出城。

“那个……赢了的……能……得到……王冠……吗？”她上气不接下气地问。

“老天，当然不行！”白王回答，“瞧你说的啥！”

“能，行行，好……吗？”

爱丽丝喘道：“停一分钟，喘口气，好吗？”

“我够好啦，只是不够结实。要知道，一分钟很快就过去了，都能拦住一只班德尔兽。①”

爱丽丝喘得说不出话来。他们默默地跑，直到看见一大堆人，中间正是狮子和独角兽在开打，打得尘土飞扬。开头爱丽丝都看不清谁是谁，不过很快就凭独角兽头上的角认出它来。

它们打架的地方离另一位信使海塔很近。海塔在观战，一手端

---

① 班德尔兽：Bandersnatch，一种想象中的怪兽。

杯茶，另一手拿块夹黄油面包。

“他刚打牢里放出来，关进去时茶都没喝完。”海耶尔悄悄告诉爱丽丝，“牢里他们只能吃牡蛎壳——所以你瞧他又饥又渴。你好吗，亲爱的伙计？”他说着走拢去亲热地搂住海塔的脖子。

海塔回头一看，点点头，接着吃他的面包。

“牢里快活吗，伙计？”海耶尔问。

海塔又回过头。这回几滴清泪顺脸颊往下淌，但仍旧一言不发。

“说话呀，你！”海耶尔恼了。可海塔只顾嚼面包喝茶。

“说话呀，你！”白王也叫了，“它俩打得怎样了？”

海塔竭尽全力吞下一大口面包，哽噎着说：“打得不错，每人已被打倒过八十七次。”

“这么说人们马上就要送白面包、黑面包来啦？”爱丽丝大胆地问。

“面包已经等着他们啦，我刚吃的就是。”

此时混战暂停，狮子和独角兽坐下来喘气。白王宣布：“休息十分钟！”海耶尔和海塔立刻忙起来，用托盘把白面包黑面包送上来。爱丽丝尝了一块，太干了。

“我看今天它们不会再打了。”白王对海塔道，“去命令鼓手开始。”

海塔像只蚱蜢似地蹦走了。

爱丽丝无言地站了一会儿，注视着他。突然她眼睛一亮。

“快看！快看！”她急切地指着，“白后正跑过田野！是从那边林子里跑出来的。白后跑得可真快！”

“不用说，后头有敌人，”白王看都不看就说，“那片林子里尽是敌人。”

“可是你怎么不跑过去帮她一把？”爱丽丝看他这么无动于衷，大为诧异。“没用！没用！”白王说，“她跑得快着哩，简直能逮住班德

尔兽。不过我得为她记上一笔了。她可是个可爱的小东西。”白王打开记事本对自己轻声说，“你拼‘东西’这个词时是两个‘e’吗？”

这时候独角兽揣着衣兜，从他们身边走过。“这回我干得不错吧？”它边走边对白王道。

“还可以——还可以！”白王怕兮兮地回答，“你不该用角刺穿狮子。”

“又没伤着它。”独角兽漫不经心地往前走，目光正巧落到爱丽丝身上，立刻转身停下，一脸厌恶地看着她。

“这是什么东西？”它最后问。

“是小孩！”海耶尔搭腔，走上前来介绍爱丽丝，双手朝她张开，作出盎格鲁-撒克逊的姿势，“我们今天才发现她的。她跟生命一样大，比自然大两倍！”

“我向来以为这些东西都是大妖怪！是活的？”独角兽问。

“还会讲话。”海耶尔一本正经。

独角兽向往地看看爱丽丝：“小孩儿，讲话。”

爱丽丝忍不住噘起嘴唇笑了：“知道吗？我也向来以为独角兽是大妖怪呢。从没见过活的独角兽！”

“好啦，既然咱们已相互认识，要是你信任我，我就信任你。一言为定？”

“好的，随你便。”

“来呀，把李子饼端上来。老头儿！”独角兽扭头对白王叫道，“去你的黑面包吧！”

“当然——当然！”白王忙应道，一面示意海耶尔过来，对他耳语道，“把口袋打开！快点儿！不是那个——那个里头全是干草！”

海耶尔从口袋里掏出一大块饼，让爱丽丝拿着，又拿出一只盘子和一把刀。这些东西变戏法似的出现，爱丽丝真猜不出从哪儿来的。

狮子这时也参加进来。它又累又困，眼睛睁一半闭一半。“这是什么东西？”狮子懒洋洋地朝爱丽丝眨眨眼睛，说话声又深又空，如同敲响一口大钟。

“啊！”独角兽忙叫，“你休想猜到！我都没猜着。”

狮子懒洋洋地打量爱丽丝：“你是动物，植物，还是矿物？”说一个字打一个呵欠。

“是个大妖怪！”爱丽丝还没来得及开口独角兽就嚷出来。

“那好，妖怪，把李子饼端上来。”狮子说着往地上一趴，下巴搁在爪子上，“坐下！你们俩（说的是白王和独角兽）公平分配李子饼！”

白王坐在两头大动物中间显然很不自在，可又没别的地方好坐。

“为王冠咱们本可以大战一场的，现在！”独角兽狡猾地看看王冠。

可怜的白王浑身战栗，都快把王冠抖掉啦。

“我本可以轻易取胜。”狮子道。

“不一定。”独角兽道。

“哼，我把你打得满街跑，你这胆小鬼！”狮子气呼呼地边说边抬起身子。

白王忙插嘴干涉，不让它们吵起来。他紧张极了，声音都在颤抖：“满街跑？那可得跑不少路。你是打老桥跑的还是打市场跑的？打老桥走景致最好看。”

“我不知道。”狮子吼一声又趴下，“灰尘太多，看不清。妖怪，怎么回事啊，切块饼要那么长时间？”

爱丽丝坐在小溪岸上，腿上放着大盘子，正用刀起劲地锯李子饼。

“真气人！”她回答狮子（被叫做妖怪她也习惯了），“本来都切下好几块了，可它们又长到一起去了！”

“你不懂怎么对付镜子里的饼。”独角兽道，“先递给大家然后再切。”

真是瞎说。不过爱丽丝还是听话地站起身，把盘子端上来，饼自动分成三块。“现在切吧！”她拿着空盘回到自己老地方时，狮子下令。

“我说，这不公道！”独角兽大叫，爱丽丝手拿刀子坐下去，不知如何是好，“妖怪给狮子的比给我的大两倍！”

“不管怎么说，她自己什么也没有。”狮子怪公道，“妖怪，爱吃李子饼吗？”

可爱丽丝还没回答，战鼓又敲响了。

声音打哪儿来她说不清，空中似乎充满鼓声，阵阵穿透她的脑袋，她觉得自己都给震聋了，吓得跳起来。越过小溪，正好赶上狮子和独角兽站起身，因为宴会被打断而怒火万丈。爱丽丝跪到地上双手捂住耳朵，想堵住可怕的喧嚣。

“要是这声音都不能把它们赶出城，那任什么都不行了。”爱丽丝自言自语。

“这是我的发明”

片刻之后，喧嚣渐渐消沉，变成死一般的寂静。爱丽丝有些恐慌地抬起头，四周人迹不见。第一个念头是自己肯定做了梦，梦到了狮子呀，独角兽呀，还有那古怪的盎格鲁-撒克逊信使。可脚下真有一只大盘子，就是她在上面切李子饼的那只。“这么说我没做梦，除非——除非我们全在同一个梦当中。只是我真希望这是我的梦，而不是白王的！我才不喜欢到别人的梦里去。”她有些不快地接着说，“我好想去叫醒他，看看会发生什么事！”

这时一声呐喊打断了她的思绪：“嗬咿！嗬咿！站住！”一位披深红色盔甲的骑士跃马飞奔而来，挥舞着一根大棒，跑到她跟前猛地停下，“你被俘虏了！”骑士边叫边滚下马来。

虽然吓了一跳，爱丽丝当时倒更为骑士担心，看着他又翻身上马。他刚在鞍上坐稳又叫起来：“你被……”但另一个声音打断他：“嗬咿！嗬咿！站住！”爱丽丝回头惊奇地发现又一个敌人。

这回是名白骑士。他跑近爱丽丝身边和红骑士一样滚下马来，然后又翻身上去。两名骑士你看我，我看你，都不做声。爱丽丝看看这个又瞧瞧那个，心中诧异。

“她是我的俘虏！”红骑士终于开口。

“不错，可我赶来救了她！”白骑士反驳。

“那好吧，咱们就为她较量较量！”红骑士说着拿起头盔（头盔原先挂在马鞍上，形状像只马头）戴好。

“你总还遵守战场的规矩吧？”白骑士也戴上头盔。

“从来遵守。”红骑士回答。二人就开始乒乒乓乓混战起来。爱丽丝躲在树后免得被击中。

“不知战场的规矩是些啥？”她一面琢磨一面探头观战，“一条规矩好像是要是一个打中了另一个，他就把他打下马去；要是没打中，他就自个儿栽下马去。另一条规矩好像是他们都用胳膊夹着大棒，和庞奇与朱丽①一样。他们栽下马时声音真响！就像一整套火炉用具都掉进了炉围子！马儿多乖呀，随他们一会儿上、一会儿下，就跟桌子似的！”

另一条战场规矩，爱丽丝发现，似乎是骑士们总是头朝下栽下来。一场大战以两名骑士同时落马而告结束。二人站起来后相互握手，红骑士翻身上马，飞奔而去。

“这一仗打得真漂亮，是不是？”白骑士气喘吁吁地走过来。

“不知道。”爱丽丝怀疑地说，“我不要做任何人的俘虏，我要做女王。”

“你会做女王的，只要穿过下一条小溪。”白骑士道，“我负责护送你安全抵达林子那边，然后必须回来。我的一步棋只能这么走。”

“非常感谢。能帮你取下头盔吗？”见他一个人挺难弄，她就帮他一把，好不容易才将头盔摘下来。

“现在呼吸顺畅多了。”白骑士双手理理乱蓬蓬的头发，把他温

---

① 庞奇与朱丽（Punch and Judy）：英国的一种木偶戏，其中鹰鼻驼背的庞奇常与其妻朱丽吵嘴打架。

存的脸、和善的大眼睛向爱丽丝转过来。爱丽丝从没见过这号怪模怪样的骑士。

他身披马口铁的甲胄，一点儿也不合身，肩上系着一只形状怪异的小松木盒，口朝下，盖子打开悬着。爱丽丝纳闷了。

“挺欣赏我的小盒子？”白骑士友好地说，“这是我的发明——放衣服和三明治的。你瞧我让它口朝下，雨就下不进去了。”

“可是东西也就掉出来了呀。”爱丽丝轻声说，“你知不知道盖子开了？”

“不知道。”白骑士脸上掠过一丝烦躁，“这么说所有的东西全掉了！不装东西要盒子有什么用！”他边说边解下盒子，正要扔进灌木丛，又好像想起了什么，就仔细地把它挂在一棵树上。

“猜得出我干吗这样吗？”他问爱丽丝。

爱丽丝摇摇头。

“但愿蜜蜂能在里面做巢——那我就能弄到蜂蜜。”

“可是你有一只蜂巢——就是你马鞍上绑着的那个东西呀。”

“对！这是个挺棒的蜂巢，”白骑士不悦，“最棒的东西。可惜，一只蜜蜂也不肯靠近它。另外那件是捕鼠器，我想是耗子赶走了蜜蜂，要不就是蜜蜂赶走了耗子，不知谁赶谁。”

“我刚才也奇怪你要捕鼠器干吗，马背上好像不会有耗子呀？”

“大概不会，可要是耗子真来了，我可不让它们到处瞎跑。”

“要知道，”他停了停又说，“有备无患。所以我的马腿上才戴那么多脚环。”

“这有啥用？”爱丽丝很好奇。

“防止鲨鱼来咬呀，这是我的发明。现在帮我上马，我送你去林子那头——那大盘子做什么用？”

“盛李子饼的。”

“那就带上它。要是发现李子饼，正好派用场。帮我把它放到这口袋里来。”

这下可花了不少工夫。虽然爱丽丝很小心地把口袋张开，但骑士笨手笨脚，老放不进去。头两次没弄好倒把他自己装了进去：“你瞧，太合适了。”最后总算把盘子装了进去。“口袋里有好多蜡烛头。”他把口袋挂到鞍子上，上头已挂满了一捆捆胡萝卜、火炉用具等等零碎东西。

“你头发扎好了吧？”出发时他问爱丽丝。

“跟平时一样。”爱丽丝笑笑。

“那可不行，”白骑士担心地说，“瞧风多大呀，和汤一样浓。”

“那你发明了什么东西好不让头发给吹跑吗？”爱丽丝问。

“还没有。不过已有了一个防止头发脱落的好主意。”

“我好想听听。”

“先拿一根小小的直棍子，然后把头发缠在上头让它往上爬，就和果树一样。要知道头发脱落的原因在于它总是垂下来——东西绝不会往上掉，对吧？这是我自己的发明。要是喜欢，你可以试试。”

这种计划听起来都不舒服。爱丽丝默默朝前走，反复琢磨。时不时还得停下来帮可怜的白骑士一把。他真算不上好骑手。

无论何时马一停（马常停），他就从前头掉下来。无论何时马一走（马总是突然起步），他就从后头掉下来。不然的话他倒是骑得挺好，除了他那个时不时从两侧往下掉的习惯之外。而且他通常都朝爱丽丝走的这一侧掉下来。爱丽丝不久就明白最好离他的马远点儿。

“恐怕你骑马练得太少了。”她大胆地说他，一面第五次扶他上马。白骑士一脸惊诧，还有些生气：“你为什么这么说？”他爬上马鞍，一手还抓着爱丽丝的头发，免得自己又从另一侧掉下去。

“因为人们练得多就不会老掉下来。”

“我练得够多啦！够多啦！”白骑士很严肃。

爱丽丝想不出更好的话说，只好敷衍一句：“是吗？”二人默默朝前走。骑士闭着眼睛跟自己嘟嘟囔囔，爱丽丝则担心地等待他下一次坠落。“骑马的伟大艺术，”白骑士忽然大声开口，边挥舞着右胳膊，“就是要保持……”句子突然中断，就跟突然开始一样，因为他正好头朝下重重地摔在爱丽丝走的路上。把小姑娘吓坏了，一面扶他一面着急地问：“没伤着骨头吧？”

“不值一提。”白骑士仿佛并不在乎摔断两三根骨头。“骑马的伟大艺术，正如我刚才所说，就是要——正确地保持平衡，就像这样……”他松开缰绳双臂展开，好让爱丽丝明白他的意思。这回他摔了个面朝天，正好摔在马腿下面。

“多多练习！”爱丽丝扶他起来时，他还不停地重复道，“多多练习！”

“真荒唐！”爱丽丝这回不耐烦了，“你真该骑一匹安轮子的木马，真的！”

“那种马走得稳吗？”白骑士兴趣大发，一面抱住马脖子免得再次栽下来。

“比活马稳得多。”爱丽丝尖声笑起来，怎么也忍不住了。

“那我去弄一匹，”白骑士边想边说，“一匹，两匹，好几匹。”

二人又沉默片刻。后来白骑士开了头：“我发明东西可是把好手。我敢说最后一次你扶我起来时注意到了，我当时是在沉思吧？”

“你有些严肃。”爱丽丝道。

“那时我正在发明一种过大门的新方法哩，想不想听？”

“想听。”爱丽丝有礼貌地说。

“告诉你我怎么会想这个的。我跟自己说：‘脚是唯一的难题，头已经够高了，所以首先要把头放在大门顶上……那么头够高了……然后，我倒立起来……那么脚也够高了。’你瞧！然后，我就过去了。”

“嗯，我看你能行。”爱丽丝想想又说，“不过做起来大概不容易。”“还没试过，”白骑士很严肃.“所以就不能肯定……不过，恐怕是会有点儿难。”他冥思苦想，爱丽丝忙换话题：“你头盔好怪呀。(他兴致勃勃地。)也是你自己发明的吧？”

白骑士得意地低头看看挂在马鞍上的头盔，“对。不过我还发明过一个比这个好得多的头盔，样子就像棒棒糖。从前我戴着它，只要快掉下马了，它就直接插到地下，所以我很少掉下去。可是却有掉头盔的危险。我出过这么一次事——最糟的是，我还没把自己弄出来，另一个白骑士跑来就把它戴上了，还以为是他自己的东西。”

白骑士样子一本正经，爱丽丝不敢笑。“恐怕你一定伤着他了吧？”她声音颤抖，“因为你在他的头上。”

“有啥办法，我只好踢他。”白骑士认真地说，“他就摘下头盔——但是花了好大工夫才把我弄出来。我就跟闪电一样快，要知道。”

“可那是另一种快。”爱丽丝反对。

白骑士直摇头：“我具有各种各样的快，告诉你！”说得兴奋起来就双手挥舞，结果又立刻滚下马鞍，倒栽葱，掉进一条深沟。

爱丽丝忙跑到沟边找他，她心惊肉跳，想这回他恐怕真受伤了。然而，虽然只能看到他脚后跟，却能听到他若无其事地在说话，爱丽丝松了口气。他在说：“各种各样的快……可是那家伙太粗心，竟把别人的头盔戴他脑袋上，还连人也一起捎上。”

“你头朝下怎么还能这么平静地说话？”爱丽丝拖他起来，把他推在沟沿上。

白骑士对她的问题大为惊讶：“身子在哪儿有何要紧？我脑子一直在工作。再说，我越是头朝下，想出的新发明就越多。”

“我最聪明的发明，”他顿了一下又说，“就是吃肉的时候想出了一种新式布丁。”

“好及时作为下一道菜？这倒快当！”

“不是下一道菜，”白骑士慢腾腾地作沉思状，“不，当然不是下一道菜。”

“那就是下一天的菜了。一顿饭总不需要两道布丁吧。”

“也不是下一天。”骑士重复自己，“不是下一天。”他低下头，声音越来越小，“我不相信那种布丁真的做好过！实际上我也不相信那种布丁能做出来！可它仍然是一种非常聪明的新发明。”

“你打算何时来做它？”爱丽丝想鼓舞可怜的白骑士。

“用吸墨纸开头。”白骑士呻吟一声。

“那只怕不好吃——”

“不光不好吃，”白骑士打断她，“你还不知道它加上别的好多东西能带来多大不同哩。比方，火药呀，封蜡呀之类。到这儿我得留下你了。”他们正来到林子尽头。

爱丽丝还在想布丁的事。

“你不快活。”白骑士关切地说，“我唱支歌安慰你吧。”

“长不长？”爱丽丝问。

“长，但很美。所有的人听我唱的时候，要么感动得掉眼泪，要么……”

“要么怎样？”爱丽丝问，因为白骑士突然停下不说了。

“要么不掉眼泪。这支歌叫做《鳕鱼的眼睛》。”

“哦，是那支歌的名字？”爱丽丝装着感兴趣。

“不，你不懂！”白骑士有点儿烦躁，“人们是这么叫的，其实它真名是《老老头》。”

“那我刚才该说‘那支歌被叫做什么名字’吧？”

“不！你不该那么说，那是另一回事！这支歌被叫做《方式与方法》，不过只是被这么叫而已。”

“好吧。那这支歌说的什么？”爱丽丝已完全被弄昏了头。

“正要说到这儿了。歌其实叫《坐在大门上》，曲子是我发明的。”说着，他停下马，任缰绳挂在马脖子上，一只手慢悠悠地打着拍子，一丝微笑照亮了他傻乎乎的面庞，仿佛自我陶醉起来，开始唱。

爱丽丝在镜中世界旅行所遇到的所有怪事当中，这件事她记得最清楚。多年之后她还能把全部情景讲出来，仿佛一切就发生在昨天——白骑士和善的蓝眼睛，友好的微笑。夕阳在他发际闪亮，使他的盔甲发出刺眼光芒。马儿安静地徘徊，缰绳松松地挂在颈子上，在爱丽丝脚边啃青草。背后是森林黑魆魆的影子。这一切好似一幅图画。她一手遮阴，背倚大树，注视着这一人一马，倾听着白骑士忧伤的歌声，宛若进入梦境。

“可曲子并不是他的发明，”爱丽丝心想，“分明是那支《我已给了你一切》嘛。”她仔细地听，但并没掉眼泪。

我要告诉你一切，
要说的并不多。
我见一个老老头，
正坐在大门上头。
“老头，你是谁?”我问，
“告诉我你如何度日?!”
他的回答流过我脑袋，
就好像清水穿过筛子。
他说：“我在找蝴蝶，
它们睡在麦田里。
我把它们做成羊肉饼，
再拿到街上去叫卖。
把饼卖给那些水手，
让他们征服狂风恶浪。

我就是这样挣钱糊口——
小事一桩，不值一提。”
不过我正在打算，
把一个人染成绿色，
再盖上一把大扇子，
不给人家看见。
我对老头的话，
不知如何应答，
只好大叫：“快！告诉我你如何度日！”
还重重地敲打他的头。
他轻言细语讲起故事，
说：“我自有我的办法，
一发现山中的小溪，
我就给它放一把火，
于是人们造出一种东西，
叫做罗兰的望加锡油①
但两个半便士就是他们
给我辛苦的全部报酬。”
不过我正在想办法
用奶油面糊填饱肚子，
于是一天又一天.
变得越来越胖。
我把他摇来摇去，
直到他脸都青啦。
“快！告诉我你如何度日！”我大叫，

---

① 望加锡油：一种植物性挥发油。

“一天到晚你都干啥?”
他说:“我在找鳕鱼的眼睛,
在鲜艳的石楠丛中,
把它们做成背心纽扣,
在万物无声的深夜。
这些我不用来换黄金,
也不换银闪闪的钱币,
不过半个铜便士
就可以买上九只。
“我有时挖找奶油面包卷,
或用粘鸟胶钓螃蟹;
我有时寻觅长满青草的土丘,
为单马拉车好赶路。
这就是我谋生的诀窍(他眨眨眼睛),
使我积攒了大笔财富——
非常高兴地举起杯,
为阁下的健康祝福。”
当时我听到了他的话,因为
我已完成了一项设计,
要使梅奈大桥不生锈,
得把它在沸酒里煮煮。
我谢谢他告诉我,
他发财的秘密,
不过主要是因为
他为我的健康祝福。
如今只要我碰巧
把手指放进胶水,

或发狂地把右脚
朝左脚的鞋里塞，
或要是很重的东西，
砸了我的大脚趾，
我一哭就会想起来，
那个从前认识的老老头——
他目光和善说话慢，
头发比雪还要白。
他的脸就像乌鸦，
眼睛像炭火熊熊燃烧，
他仿佛悲伤得心烦意乱，
把身子前后摇摆，
嘟嘟囔囔声音小，
好像嘴里塞满面包。
他喷着鼻子像头牛——
很久以前那个夏夜
坐在大门顶上。

白骑士唱完最后一节，收拢缰绳，把马头转到回去的方向。“你只剩几码远的路啦，下山越过那条小溪，就能成为女王。不过，你会稍等先目送我吧？”他又添上一句，因为爱丽丝老朝他指的方向急切地眺望，“我要不了多久，你可以等我走到大路拐弯的地方，就朝我摇摇手绢，我想这会使我精神爽朗。”

“我当然会等你。非常感谢送我这么远，还得谢谢你的歌，我很喜欢。”

“但愿如此，”白骑士不相信地说，“不过你并不像我想象的那样哭得伤心。”

于是他们握握手，白骑士上马缓缓步入森林。爱丽丝目送他离去，心想：“送他要不了多长时间。可是瞧他又落马了，和先头一样头朝下！不过他又翻身上去，还挺轻松的。马身上挂了那么多东西。”她就这样自言自语，目送战马信步上路。白骑士不断落下马来，一会儿从右侧，一会儿从左侧，四五次之后，走到了大路拐弯处，爱丽丝朝他摇摇手绢，直到他走出视线。

“但愿能使他打起精神！”爱丽丝回头跑下小山，“现在就剩最后一条小溪了，就要做女王啦！好伟大啊！”她几步就到小溪边，“总算到了第八格！”她边叫边跳过去，把自己扔到软和如苔藓的草地上，休息一会儿。但见绿草地上到处点缀着小小的花坛，“哦，到达这里真开心！头上的是什么呀？”她慌张地惊叫，一面伸手去摸，什么东西紧紧地罩在她头上了，好沉呀！

“可是怎么都不知道它就到头上来了呢？”她把这东西取下来放到腿上好看个清楚。

原来是一顶金色的小王冠。

爱丽丝女王

“哇，太伟大了！”爱丽丝道，“从没想到这么快就能做女王。‘陛下，让我告诉你这是怎么回事。’”她一本正经地说着（她向来喜欢责备自己），“在草地上这么懒洋洋地躺着可不行！有失女王体统，懂吗?”于是，她起身踱起方步——开头动作还有点儿僵硬，因为担心王冠从头上掉下来。不过一想到没人看就放心了。“要真做了女王，到时候能对付的。”她说着坐下来。

一切发生得如此怪诞，以至于发现红后和白后分坐在她两边时，爱丽丝都没大惊小怪。她好想问问她们怎么到这儿来的，可又怕不够礼貌。问问棋下完没有大概不坏事，她就小心地看着红后问：“请告诉我……”

“跟你讲话你再讲！”红后厉声打断她。

“可要是大家都守这么个规矩，”爱丽丝向来爱争论，“并且要是跟你讲你才能讲，别人也同样会老等着你先开口，那谁也不会开口讲话啦。结果……”

“荒唐！”红后叫道，“孩子，你难道不明白……”说到这儿她眉头一皱停下，想了想又突然话锋一转，“你说‘要是你真成了女王’是什么意思？你有什么权力这样称呼自已？要知道你不可能做女王，除非通过了正当考试，而且考试开始得越快越好。”

“我不过说了声‘要是’嘛！”可怜的爱丽丝态度恳切。

两位王后面面相觑。红后打个冷战：“她说她不过说了声‘要是’……”

“可她说的比那多得多！”白后气哼哼地绞着手，“比那多得多！”

“这么说我说了，”红后道，“永远讲真话。先想后讲。讲完再记下来。”

“我本来的意思是……”爱丽丝正要解释，红后不耐烦地打断她。

“那正是我要指出的！‘本来的意思！’小孩子说话没个意思怎么行？连玩笑都应该有个意思，小孩子比玩笑重要得多。你没法否认这一点，哪怕你用两只手试过。”

“我才不用双手否认事情！”爱丽丝驳斥道。

“没人说你用。”红后道，“我说的是假如你试过也办不到。”

“她这会儿的心思，”白后接过去说，“就是想否认什么东西——只不过她不知道该否认什么而已。”

“可恶的坏脾气！”红后评论道。接着大家都很不自在地保持沉默。

红后打破沉默对白后说：“我邀请你今天下午参加爱丽丝的晚宴。”

白后微笑说：“我也邀请你。”

“我压根儿不知道自己要开晚宴哪！”爱丽丝道，“再说了，要真有晚宴，也该由我来邀请客人才对。”

“我们给你这么做的机会。”红后道，“不过我敢说你的举止课还没学过几节。”

“举止又不是上课教的。”爱丽丝反驳，“上课教的是算术和那一类的东西。”

“会做加法吗？”白后问，“1加1加1加1加1加1加1加1加1加1等于多少？”

“不知道，数不过来了。”

“她做不了加法。”红后打岔，“会做减法吗？8减9等于几？”

“八减九我不会，”爱丽丝很干脆，“但是……”

“她做不了减法。”白后又打岔，“会做除法吗？用刀子分面包……答案是啥？①”

“我想……”爱丽丝刚开始说红后就替她回答了，“当然是夹黄油面包。再试试另一道减法题。要是你从狗那儿拿走一块骨头，还剩下多少？”

爱丽丝想想：“要是我拿走了骨头，当然就不剩骨头了，狗也不剩了，它会追来咬我，而且我肯定自己不该留下！”

“那你认为什么都不剩了？”红后问。

“我想是的。”

“错了，又错了！”红后叫道，“骨头拿走了狗会发脾气，对不对？”

“大概不错。”爱丽丝谨慎地回答。

“那要是狗走开了，狗脾气不就剩下了吗！”红后神气十足。

爱丽丝尽可能认真地说：“它们也可能各走各的呀。”一面暗想：“都是些胡说八道！”

两位王后同时挖苦她：“连算术都不会！”

“那你会吗？”爱丽丝突然顶白后一句，因为她不愿意老被别人挑毛病。

---

① 英文division（除法）一词还有“分割”、“分开”等意。

白后倒吸一口气，闭上眼睛："我会做加法，要是你给我时间——不过无论如何减法我不行!"

"这么说你会背 ABC 啦?"红后问爱丽丝。

"当然会。"

"我也会，"白后小声说，"我们常在一起背的。亲爱的，告诉你个秘密。我还会念信哩，多了不起呀！不过别灰心，到时候你也会的。"

这时红后道："你能回答实用的问题吗？面包怎么做?"

"这个我知道。拿一些面粉……"

"上哪儿去采鲜花①"白后立刻插嘴，"园子里还是篱笆上?"

"根本不是采的，是磨的……"爱丽丝解释。

"多少公顷地②?"白后又打岔."你说话不能丢三落四。"

"扇她的头!"红后忙加进来，"动这么多脑筋她准发烧啦。"于是，她们用树枝朝爱丽丝的头猛扇一阵，扇得她头发乱飞，直到她求她们才停下手。

"她又好啦!"红后道，"懂语言吗？法语的 fiddle—dee—dee 怎么说?"

"Fiddle—dee—dee 不是英文。"爱丽丝认真回答。

"谁说它是啦?"红后强词夺理。

爱丽丝这回找到了摆脱困境的办法："你要能告诉我 fiddle—dee—lee 是什么语言，我就能告诉你它的法语怎么说!"她自鸣得意地大叫。

可是红后正色道："王后可从不跟人讨价还价。"

"但愿王后从不发问才好呢。"爱丽丝心想。

---

① 英文 flour（面粉）与 flower（鲜花）发音相同。

② 英文 ground（磨）作名词是有"地"、地面"等含义。

“别吵啦！”白后关心地说，“闪电是什么原因？”

“闪电的原因，”爱丽丝这回十分果断，“是打雷——不，不是！”她赶紧纠正，“应该反过来说。”

“纠正也来不及。”红后道，“君子一言，驷马难追，说了就得承担后果。”

“这使我想起……”白后低头紧张地握紧双手又松开，“上星期二我们有一场好大的暴风雨——我说的是上一组星期二。”

爱丽丝不解了：“在我们国家一星期只有一个星期二。”

红后道：“那可太慢了。我们这儿可以两三天一起过。到了冬天有时还五个晚上一起过，好暖和点儿。”

“这么说五个晚上比一个晚上暖和多了，是吗？”爱丽丝问。

“当然暖和五倍。”

“可根据同样的道理，它们也就会冷五倍呀！”

“正是如此！”红后肯定道，“暖和五倍，冷五倍。就像我比你富有五倍，也比你聪明五倍，一个道理！”

爱丽丝叹口气认输：“真像没谜底的谜！”

“蛋形人也见到了。”白后小声说，“他拿开塞钻来到门前。”

“他要干什么？”红后问。

“他说他要进来，因为他正在找一匹河马。可屋子里那天碰巧没河马。”

“平时有吗？”爱丽丝大为惊愕。

“只星期二有。”

“那我知道他要干啥了，”爱丽丝说，“他想惩罚鱼儿，因为……”

白后打断她：“那天的暴风雨好怕人，你都想象不出！（“她从来想不出！”红后插嘴。）房顶都掉了一块，好多雷打进屋里来了。在屋子里一大块一大块地滚来滚去，把桌子和家什全打翻，把我吓得连名字都记不得啦！”

爱丽丝心想，出事的时候我才顾不上什么名字呢，有何用？不过她没大声说出来，怕伤了可怜白后的自尊。

“陛下得原谅她。”红后对爱丽丝道，握住白后的双手，温柔地抚摩，“她是好意，不过常常忍不住说些蠢话罢了。”

白后胆怯地看看爱丽丝，爱丽丝觉得该说几句好话，可一下子又不知从何说起。

“她教养不够好，”红后道，“不过脾气可真不错！拍拍她的头，瞧她多开心！”但爱丽丝没胆量这么做。

“只要发点善心，把她头发用纸卷好，就能让她发生奇迹。”

白后深深地叹口气，把头靠到爱丽丝肩上。“我好困哟！”她呻吟一声。

“她困了，可怜的人！”红后说，“理理她的头发，把睡帽借给她，给她唱支催眠曲。”

“我没带睡帽来，”爱丽丝尽量照吩咐做，“我也不会唱催眠曲。”

“那我来吧。”红后开始唱：

睡吧，女士，在爱丽丝腿上！
直到宴会停当，还有时间打盹。
宴会结束咱们就去跳舞——
红后，白后，还有爱丽丝！

“现在知道歌词了。”她把头靠到爱丽丝另一只肩膀，“就给我唱一遍吧，我也困了。”一会儿工夫，两位王后都沉沉睡去，还呼呼地打鼾。

“我怎么办？”爱丽丝环顾左右不知如何是好。先是一个人的头溜下来滑到她腿上，接着另一个也溜下来滑到她腿上，重重地压作一堆。“从前绝不会有这种事，一个人得同时伺候两位王后睡觉！不！英国的全部历史都没有。不能有，因为一次不可能有一个以上的王后。醒醒，你们这些重东西！”她不耐烦地叫道，可回答她的唯有轻柔的鼾声。

鼾声愈来愈响，愈来愈像首歌，到后来她甚至能分辨出歌词，就仔细地倾听。突然两颗沉甸甸的头从腿上消失不见。对此她并不留恋。她发现自己正站在一座拱门前，门上大大地写着“爱丽丝女王”。拱门两边分别有一只门铃，一只写着“客人铃”，另一只写着“仆人铃”。

“等歌唱完该拉哪只铃呢？”爱丽丝对上面的名称大为不解，“我不是客人，又不是仆人，应该还有只铃上写着‘女王’才对。”

这时门开了一条缝，一个长着长尖嘴的家伙探头宣布：“不到下个星期不准入内！”砰地把门关上。

爱丽丝又敲门又拉铃，忙了半天，最后一只坐在树下的很老的青蛙慢慢跳了过来。它身着鲜艳的黄衣服，还有一双奇大无比的靴子。

“你有何贵干？”青蛙嘶哑的喉咙小声问。

爱丽丝头一回对人没好声气：“应门的仆人哪儿去啦？”

“哪道门？”青蛙反问。

爱丽丝一听它慢腾腾的拖腔，气得要跺脚：“当然是这道！”

青蛙的大笨眼睛看看门，走近一些，又用拇指擦一擦，仿佛想弄清油漆是否掉了；再看看爱丽丝。

“应门？门问什么来着？”它声音太哑，简直让人听不清。

“不懂你的意思。”

“我讲的不是英文吗？还是你聋了？门问你什么了？”

“什么也没问！”爱丽丝烦躁地说，“是我在敲门！”

“不该敲——不该敲的——”青蛙咕哝，“惹它生气了，知不知道?”接着它走近去给门一脚,“你不惹它,”它喘着气,一面跳回树下去,“它就不惹你,懂吗?”

这时门忽然飞开,一个尖嗓音在唱:

是爱丽丝对镜中世界说,
我手里有王权,头上有王冠,
让镜中的动物不论是谁,
统统进来与红后、白后还有我一起吃饭!
成百人的声音加进来——
那就快快斟满酒杯,
给桌子撒上纽扣和米糠,
把猫儿放进咖啡,
耗子放进茶水——
欢迎爱丽丝女王,30 乘以 3!

然后是一片乱哄哄的欢呼。爱丽丝心想:“30 乘以 3 等于 90。不知有没有人在数啊?”突然安静片刻,同一个尖嗓子又开始唱下一段:

“哦,镜中动物,”爱丽丝道,“快过来,
见到我不胜荣幸,
听我说话不胜恩典,
吃饭用茶是天上特权,
跟红后、白后还有我!”

合唱开始——
那就给杯子斟满糖浆、牛奶,

或一切爽口的好东西；
沙子掺上煤灰，羊毛和上葡萄酒——
欢迎爱丽丝女王，九十乘以九！

“90乘以9！”爱丽丝绝望了，“哦，那可算不清了，还是马上进去吧——”她一步跨进门去，顿时鸦雀无声。

她边朝大厅里走边紧张地瞟一眼餐桌，发现大概有五十来位客人！什么人都有，兽啊，鸟啊，甚至还有几株鲜花。“真高兴没等邀请它们就都来了。我恐怕永远也搞不清请谁来最合适！”爱丽丝边走边想。

餐桌主席位摆着三张椅子，红后、白后已各占一张，中间那张空着。爱丽丝就过去坐了。沉默令人难堪，她真希望有谁开口，缓和一下空气。

红后到底开口了：“您错过了汤和鱼。上腿肉！”仆人立刻往爱丽丝面前摆上一只羊腿。爱丽丝急了，还从没切过一整只羊腿呢。

“您有点儿害羞，让我为您介绍这只羊腿。”红后张罗着，“爱丽丝，这位是羊腿；羊腿，这位是爱丽丝。”羊腿从盘子里立起来向爱丽丝鞠个躬，爱丽丝忙回礼，不知该害怕还是该好笑。

“可以为你们切一片吗？”她拿起刀叉，看看两位王后。

“当然不行！”红后很坚决，“把向您介绍的人切成片可不合礼仪。把腿肉拿开！”仆人立刻把羊腿端走，摆上一大块李子饼。

“请别把我介绍给布丁。”爱丽丝连忙声明，“不然咱们晚饭就吃不成了。可以为您取一块吗？”

可红后吼道：“布丁，爱丽丝；爱丽丝，布丁！把布丁拿开！”仆人端走得那么快，爱丽丝连向布丁回个礼都没来得及。

然而，她不明白为什么只有红后能下命令，就大着胆子试一试，叫道：“仆人，把布丁端回来！”变戏法似的布丁立刻又回到桌子上，

它太大了，大得爱丽丝有些不好意思吃。不过她努力战胜害羞，切下一块递给红后。

“岂有此理!”布丁抗议，“不知你乐不乐意，要是我也把你切下一块来。你这坏蛋!”

它嗓音又厚又满是羊油味儿，爱丽丝无言以对，只好目瞪口呆。

“说话呀。”红后道，“光让布丁一个人说太荒唐了!”

“知道吗，今天人家给我念了好多诗。”爱丽丝有点心慌，因为她刚一开口，众人就死一般安静，所有目光都聚在她身上，“奇怪的是，每首诗都说到了鱼。你们这儿为什么人人喜欢鱼呢?”她问红后。

红后答非所问:“关于鱼嘛，”她慢而庄严，把嘴凑近爱丽丝耳朵，“白后陛下知道一个可爱的谜语——是首诗——全是关于鱼的，让她念一遍好吗?”“红后陛下提及此事十分感谢，”白后朝爱丽丝另一只耳朵悄悄说，就像鸽子咕咕叫，“准会让您开心。可以试试吗?”

“请吧!”爱丽丝很有礼貌。

白后高兴地笑了，摸摸爱丽丝脸蛋，开始念:

“首先，必须逮到条鱼!”
那容易，小宝宝也能办得到。
“其次，必须买到鱼!”
那容易，一便士我想就够了。
“现在给我做好鱼!”
那容易，要不了一分钟。
“把鱼摆在盘子里!”
那容易，因为它已在盘子里。
“端过来，让我尝尝!”
那容易，把盘子端上桌。

“把盘盖揭起来!”
啊，那太难，我恐怕不行!

因为它像胶一样粘住了——
抓住盘盖，它躺在正当中。
哪一样更容易?
揭下盛鱼的盘盖，还是找到谜底?

“想想再猜。”红后说，“现在，让我们为您的健康干杯——为爱丽丝女王的健康干杯!”她可着嗓门尖叫。全体客人都立刻喝起酒来，而且方式千奇百怪。有的把酒往头上一倒，像用灭火器，然后再舔顺脸流下来的；有的撞翻圆酒瓶，再顺着桌沿去喝淌在桌子上的；还有三位（看样子像袋鼠）跳进烤羊肉的盘里，急急忙忙舔起肉汁来。“真像猪拱食槽子!”爱丽丝很看不惯。

“你应该讲几句简单的话答谢才是。”红后对爱丽丝直皱眉。

“我们必须拥护您，要知道。”白后悄声说。于是爱丽丝顺从地站起来，有些紧张。

“谢谢大家。”她小声说，“不过不谢你们我也能行。”

“光这样还不行。”红后十分坚决。爱丽丝又向大家认真行个礼。（“她们老使劲儿推我!”后来她对姐姐说到这场宴会时讲，“你都会以为她们想把我给挤瘪呢!”）

实在说，爱丽丝讲话时想待在原地太难了，两位王后一边一个都用力推她，险些把她推上天。“我起身答谢……”爱丽丝刚一说，就真的升了起来，离地好几英寸，幸亏抓住了桌沿，才想法子把自己拉了下来。

“留神!”白后尖叫，双手揪住爱丽丝的头发，“要出事了!”

说时迟那时快（过后爱丽丝这样描述），果然出事了。蜡烛全都

飞上天花板，就像一片结着焰火的灯芯草。瓶子呢，每只拖了两个盘子做翅膀，叉子做腿，朝四面八方落荒而逃。“真像鸟一样。”爱丽丝在一片刚开始的混乱中对自己说。

这时听到身边有个粗哑的笑声，她回头去看怎么回事，却发现椅子上坐着羊腿。“我在这儿哪！”汤盘里有个声音叫道。爱丽丝再回头，正好看见白后好性子的大脸在汤盘边缘朝她微笑，一下子就消失在汤里面。

不能浪费时间。好几位客人已躺在盘子里，汤勺大摇大摆地朝爱丽丝的宝座走来，不耐烦地点头示意她让开。

“受不了啦！”爱丽丝一面叫一面跳起来双手抓住台布，用力一拉，盘子、碟子、客人、蜡烛，统统哗啦啦落在地板上堆成一堆。

“还有你！”她气势汹汹地转向白后，把她当做害群之马。可白后已不在身旁，她突然变成一个小洋娃娃，正在桌上快乐地转了一圈又一圈，追她的披肩，而披肩就拖在她背后。

换个时候，爱丽丝肯定会对这事感到惊奇，但此刻她太激动，啥也顾不上。“还有你！”她逮住一个正要跳过一只瓶子的小家伙——红后，“我要把你摇成一只小猫咪，我会的！”

摇撼

她边说边把红后从桌上拿下来用尽力气前后摇撼。

红后却并不反抗，只是脸变得越来越小，眼睛变得越来越绿，而且爱丽丝越摇她，她就变得越来越矮——越来越肥——越来越软——越来越圆——结果——

苏 醒

——结果她真的变成了一只小猫咪。

谁的梦？

“红后陛下，您不该这么大声音咪咪叫。”爱丽丝揉揉眼，尊敬而严肃地对小猫说，“你吵醒了我的梦！哦，多美妙的梦！你一直都跟我在一起，咪咪——走遍了镜中世界。知道吗，亲爱的？”

猫咪这习惯真不方便（爱丽丝从前说过），不管你对它们说什么，它们就会咪咪叫。“要是它们会用咪咪代表‘对’，喵喵代表‘不对’，或会别的这类规矩就好了，就能跟它们交谈了。人家老跟你说一模一样的话，怎么交谈？”

这时猫咪又咪了一声，真没法猜它的意思是“对”还是“不对”。

于是爱丽丝就在桌上的棋子中找呀找，找到了红后，然后跪在炉前毯子上，让咪咪和红后互相对视。“听着！咪咪。”她高兴地拍着小手，“承认你曾经变成了这副样子。”

（“可它不肯看她，”后来她对姐姐说，“它把头扭到一边，假装没看见她。不过它样子有点害臊，所以我想它肯定变过红后。”）

“宝贝儿，坐规矩点儿！”爱丽丝快活地笑着，“想该干什么的时候——该怎么叫的时候要行屈膝礼，这样节约时间，还记得！”然后她把猫咪抱起来亲它一下，“奖励它当过红后。”

“雪球宝贝！”再回头看看白猫，白猫仍在耐心地洗脸，“迪娜什么时候才能把白后陛下打扮好呀？难怪你在我梦里那么邋遢——迪娜！知不知道你在给一位王后洗脸哪？真是的，你也太不够尊重了！”

“迪娜变成了什么呢？”她小嘴不停地讲，舒舒服服地趴在地上，一只胳膊肘撑着地毯，手捧下巴颏，注视着小猫咪，“告诉我，迪娜，你是变成了蛋形人吧？我看是——不过你最好先别跟朋友说，因为我拿不准。”

“顺便说一句，咪咪，要是你真跟我到了我梦里，有件事你应该高兴。人家给我念了那么多诗，全是关于鱼的！明天早上你就能真的享用一番了。等你吃早饭的时候，我就念《海象与木匠》给你听，你就会相信吃的是牡蛎了，宝贝儿！”

“好啦，咪咪，咱们来想想到底是谁做了那个梦，这又是个严肃的问题。你不该老这样舔爪子……就像今早迪娜没给你洗脸似的！听着！咪咪，不是我就是国王，他当然也在我梦里来着。不过，那也是他的梦！是红王吗，咪咪？你是他妻子，宝贝儿，所以你应该知道——哦，咪咪，真的帮我拿拿主意，我肯定你那爪子可以等一会儿再舔！”可是气人的猫咪还是舔它的爪子，假装没听见爱丽丝的问题。

那你说是谁的梦呢？

一叶小舟，灿烂晴空下，
梦一般向前漂荡，
在七月温馨的傍晚——
三个小孩挤成一团，
目光热切，全神贯注，

请讲一个简单的故事。

那晴空早已暗淡！
记忆消失，回声消散，
秋的寒霜肃杀了七月。

而她依然萦绕着我，幽灵一般。
爱丽丝在天空下徘徊，
苏醒的眼睛从来看不见。

孩子们还是要听故事，
目光热切，全神贯注，
可爱地挤成一团。

她们在奇境中躺下，
伴随时光做着美丽的梦，
随夏日飞逝编织梦境。

永远沿小溪漂流，
流连于金色的闪光之中——
生命，难道不也是一场梦？①

（全文完）

---

① 此诗英文原文纵向每行的首字母组成爱丽丝的原型——爱丽丝·普莱森斯·利德尔小姐的芳名。